宴

Y A N G E

古马————

著

歌

敦煌文艺出版社

图书在版编目（ＣＩＰ）数据

宴歌 / 古马著 . -- 兰州：敦煌文艺出版社，2024.
7. -- ISBN 978-7-5468-2398-0

Ⅰ . I227

中国国家版本馆 CIP 数据核字第 2024LJ6367 号

宴　歌

古　马　著

责任编辑：田　园　杨　雪

装帧设计：马吉庆

制　　版：王　晓

敦煌文艺出版社出版、发行

地址：（730030）兰州市城关区曹家巷 1 号新闻出版大厦

邮箱：dunhuangwenyi1958@126.com

0931-2131556（编辑部）

0931-2131387（发行部）

兰州银声印务有限公司印刷

开本 710 毫米 ×1020 毫米　1/16　印张 24　插页 4　字数 220 千

2024 年 9 月第 1 版　2024 年 9 月第 1 次印刷

印数 1 ~ 1 000

ISBN 978-7-5468-2398-0

定价 : 98.00 元

目

Contents

录

卷一

清歌

卷三

浩歌

卷四

漫歌

从宴歌谈起

　　"契阔谈宴，心念旧恩"（曹操《短歌行》）。谈宴，就是谈心宴饮，就是诗的表达和诗的仪式。心念旧恩，则是诗的目的。念旧者亦为后来者所念，此则为文章千古事。人生无非是一次赴宴，有约而来，不满百年之身，常负千岁之忧，鼓瑟吹笙，曲终人散，落寞而去，英雄也不过如此。但英雄终究是英雄，有英雄手段和人世的担当，"周公吐哺，天下归心"，这是诗的力量所在，是生的色彩与表现，是热血与风骨，千年不泯。

　　2022 年，我写的诗超过了 100 首。在数量上比过去任何时候都多。过去 30 多年来，我每年写的诗歌平均在 40 首左右，不算多也不算少。创作力是生命力旺盛的体现，我的心依然年轻。写作不愿重复自己，试图使每一首诗都有些新鲜的东西呈现，与过去不同，自有韵味。我对每一首诗都十分投入，专注入神。我越来越喜欢独处，尤其在工作之余，专注于自己内心，天马行空。诗歌是我精神生活最重要的方式，我始终很享受静下心来写诗的过程，从某一点切入，让想象左右逢源，辗转腾挪，将毫不相干的事物拉扯在一起，创造出一个自足的充满神秘与活力的境界。在这样的身心沉浸的时刻，真可谓不知有汉，无论魏晋，逃脱了一切现实的纷扰。这是文学给我的最大的恩赏，任何荣誉都不能给我如此的快乐。

　　创造令人心醉。

一首诗的完成，意味着一次精神的提升和对自我的超越，意味着在混沌的意识中寻找到了一个岛屿，它的轮廓正在清晰地浮现。

"酒杯旁的嘴唇芳华落尽 / 与晓星一道沉落 / 你已无话可说 / 我还有何话说"，孤独是生命的底色，沉默是宴歌的主基调。诗人应该善于用沉默表达更丰富的内容，弦外有音，空白处更有诗意的延续和回旋。

《宴歌》有副标题，"听苏尔格演奏《天上的风》"。同一时期，我还写了《马头琴上的草原》和《到草原去》，都是听了苏尔格的马头琴演奏，深受触动，感发成诗。苏尔格是内蒙古的马头琴青年演奏家，我并不认识她，刷手机视频偶然听到了她演奏，觉得非常动人，婉转忧伤的琴声把人瞬间带到辽阔的草原，带回游牧时光。诗歌和音乐的关系源远流长，乐府采诗，自汉代而始，"广求民瘼，观纳风谣"。观纳风谣，即是关注世道人心。这既是诗歌和音乐的使命，也是"为政以德，譬如北辰，居其所而众星拱之"的为政者需要明白的基本道理。诗歌如果失去了节奏和韵律，诗性也就会大为减弱，甚至荡然无存。诗人们应该懂得恢复诗歌与音乐关系的重要意义，在诗歌内部重建诗与歌的相互倚重的血肉关系也是需要思考和付诸实践的。诗与歌的关系原本如此自然，"情动于中而形于言，言之

不足故嗟叹之，嗟叹之不足故咏歌之，咏歌之不足，不知手之舞之，足之蹈之也"（《毛诗序》）

"蓬莱文章建安骨，中间小谢又清发"（李白），诗历来都是在继承中发展和创新。"琵琶倾诉的弦音和拱形的琴房 / 难道不正是雄强与柔美的灵魂永世的寄托 / 为流沙掩埋的只是驼铃的坠简 / 只是胡商一线驼队的背影 / 消失进半轮落日 // 善会翻新的琵琶 / 今夜单为一列飞驰穿越欧亚大陆的机车伴奏"（《琵琶》），诗人要写出无愧于历史和现实的血色充盈的作品，任重道远。

"在血肉与土灰之间 / 容我用星辰的鹅卵石 / 铺设一条环绕小镇的道路 / 松风阵阵，容我把松鸣岩的瀑布 / 和花儿引进一座带栅栏的别墅"（《和政简史》），在想象的别墅里，爱的晚宴，才刚刚从头开始。

2022.12.28

补序

《从宴歌谈起》，原是为《星星诗刊》"文本内外"栏目所作的一篇创作谈。今收入诗集《宴歌》卷首，代为序言，其实并不能概括我近年来创作的所有想法。在我看来，诗人的每一首诗就是他的一次转身"变脸"，一次脱胎换骨的努力。同一手笔，是如此善变，如此不同，甚至自相矛盾，诗人在自我陶醉与自我否定中，不断内视又不停向外张望，永远寻求着新的和谐、新的气韵，新的能够安顿心灵的秘密境界。正因为如此，诗的创造才如同生活充满诱惑。

流水不腐，星汉灿烂。

《宴歌》是我第 12 部个人诗集，所收诗作，以 2022 年至 2023 年上半年的作品为主。过去未曾收入诗集或收入诗集又有必要做一些不多修订的篇章，在整理修改的基础上，补充进来，也有点敝帚自珍的意思。"一万年不久，我们早晚 / 会在旅途中惊喜相会"。

珍惜过往的一切，珍惜当下，着眼未来。

是为补序。

2022.2.11

7.3 改

宴歌

Y

A

N

G

E

卷一 清歌

宴

歌

Y

A

N

G

E

挖土豆谣

等新麦归仓后再去挖土豆吧

让南风尽情吹拂

让太阳把更多的热力和糖分

通过覆盖地垄的绿蔓输送给它们

让它们在暗中再长得壮实一些

等秋分后再去挖土豆吧

白露纷繁

提秧则散

滚落田野的土豆个个大过吃饭的碗

我们如此的欢喜

有人在月亮姗姗来迟的傍晚

迫不及待用土块就地垒起了窑灶

宴歌

我们把铁锹都放在了一旁

兴奋地搓着双手

让烧红窑垒的火光照着泥与汗的脸

土豆烤熟的香味开始四处乱窜

边地蓝莹莹的胡麻花

秋天鸟儿的眼睛

也和我们一起沉醉了啊.

2022.7.24

杏树谣

雪山戴银冠

三月穿轻衫

耕牛牴破天

天上水滴

是布谷鸟撒播的消息

布谷，布谷

蚂蚁是土生的钻石

杏花笑盈盈

老枝依寒门

白加净

夺了青云的魂

宴歌

五月烧青粮

七月杏儿黄

月夜睡到屋顶的人

果实垂弯的青枝

弯向梦里

雪山皓皓

寒门渺渺

星眼在觊觎

绿火闪耀

黄金贵有仁

红云苦无价

一曲乡野俚俗又甜

杂木河水清且长

2022.7.23

井水谣

厚厚的草木灰垫在了栏圈

眼神温柔的花母牛

回头舔舐着一边拱奶一边嬉闹的牛犊

炊烟和柴草味儿醺醉的黄昏

鸽子在廊檐下嘀咕

像盲人摸索三弦的手指

西风吹

石碾推

猫儿念经

白面粘嘴

穿过白杨树伫候的土巷道

谁家的孩子脸蛋红扑扑

宴歌

笨手笨脚抬着井水晃荡的木桶

把甘洌的金星抬进家门

村口水井

是祁连山下马的眼睛

在冰雪当中几多热情

几许幽幽

2022.7.23

群山上的飞雪

这些五体投地的群山

是磕着长头一路朝西的吐蕃男人

青海的云

因挥别而冻伤的手

山头飞雪

捎带上八方新盐

和时间遗忘的一切

那时

一双望眼

宴歌

自湖上升起

湖光已然幽蓝沁玉

2022.4.23

改旧稿   010

黑松驿

黑压压一片松树林

怪鸟啼叫

月光照见苍苔上的白露

苍老的迅速苍老

痛苦新鲜如初

有人中夜起坐

梦见一把刀

两只别扭的鞋子颜色各异

他想起童谣——

"一样一只鞋

死了没处埋"

梦里是险怪的去处

虚实难测

流水忘记流水的曲调

着急冒汗

2022.2

改旧稿

注，梦刀，典出《晋书·王浚传》：浚夜梦悬三刀于卧屋梁上，须臾又益一刀，浚惊觉，意甚恶之。主簿李毅再拜贺曰：三刀为州字，又益一者，明府其临益州乎……浚果迁浚为益州刺史。元稹《寄赠薛涛》云：纷纷词客皆停笔，各个公侯欲梦刀。

宴

歌

岔口驿外

青稞大麦加苍山寒日

当是带劲的马料

岔口驿走马横行天下

天下可有半个英雄三个竖子

岔口驿

锻打马掌和宝刀的遗址

与时闻狼嚎偶见野雉的打柴沟

一个树立着白漆黑字水泥站牌的车站

有几箭之遥呵

滴水成冰的时节

冒着浓白蒸汽的火车经停小站加水添煤

检修的铁道工戴着棉帽

来回用金属的锤子问候车轮

宴歌

暗夜里的星辰

又冻又甜的冰碴发出空旷的回音

东出潼关西向柳园

东方红的火车头长鸣一声奔赴远方

仿佛凉州词增添了铜琶铁板的蹄音

——依旧是雄风雷霆

古道绝唱

2016.2.13

初稿

武胜驿

风和白杨总有说不完的话

尤其夜晚

风不谈张骞玄奘

不谈林则徐西去伊犁也曾在此打尖

何谈你我，虽然那一年我们结伴西游

到此停云

把羊骨头啃得干干净净

把雪岭的星星喝成了三生也化不尽的冰糖

风吹过

鸟巢沉黑

同林鸟各自东西

白杨成柱

诺言成灰

只有风和白杨

仍说不完

冒着风雪

一辆长途客车从黑夜里崛起

到小镇上加油

2022.2.6

改旧稿

古浪峡

在黄羊曾经活跃的胡关雁塞

土石齑粉灰白枯燥，从绝顶

一直铺陈到仅存水痕的河谷谷底

人非草木也生焦虑

后山炸雷　雷声断绝雨意

运载石灰矿石的三马子早晚黑烟突突左撞右冲

在峻岭危崖满天烟尘里盲目而不顾一切地

寻找一线生机一条出路

记忆中的古浪峡云色凝重

一位怀抱婴孩的母亲乘坐长途客车

正在穿越某个硝烟飘荡的黄昏

宴歌

一只巡弋的老鹰

一座满目疮痍的大山

唯母爱的怀抱才是青山?

青山如何不老?

唯婴儿睡梦里绽放的笑容才是流水?

水流不断

借一个瞎弦的三弦传唱——

出了峡口到家中

我家原在凉州城

罗什寺塔高入云

回望古浪返了青

马兰草上黄羊飞

2016.2.13 初稿

2022.8.5 改定

注：瞎弦，又称瞎仙，武威方言，指会弹三弦说唱的民间盲艺人。

宴

歌

画饼

以画山水的丹青

画一套房

带洗澡间

淋浴喷头

带窗外

流动的大河

次画细眉

一把钥匙

勾她小拇指上

像起誓

拉钩上吊一百年不许变

———————————

2019.12.29

初稿

宴

歌

Y

A

N

G

E

聂耳墓

彩云之南

西山之上

他是雷电的爆破音

金蛇狂舞的休止符

他是一抔热情的红土和记忆的

灰烬　填满了月琴的音箱

彩云之南

西山巍然

九月的雨水命若琴弦

游丝细愁捉摸不定

天地牵连

彩云之南

西山之阿

宴歌

风云聚散

鸟儿在月夜里啼鸣

如音符　等待安置

2014.4　初稿

2022.10.18　改

广德寺

日脚很暖

龟梦烟轻

古木倒映

放生池畔那千年的石狮

也想洗掉耳朵里的苔青

馨送蝶翅

如合十的双手　款款

拜于花前

―――――――――

2021.5.9

宴

歌

清谷山庄遇雨

——赠阳飏

山色空蒙

两只水鸟飞落碧栏

在雨中，仿佛火焰

簌簌战栗

——需要几片树叶

一方晴空

在雷电殛毁一棵古树后

还需要逃跑的路线

密雨飞针

当它们从池旁振翅飞走

有人心上长出了渴望的羽毛

宴歌

梦醒的窗户里

鱼儿出头

喝着啤酒

2021.7.11

2022.12.14　删改

惘然

噙住满眼泪水

转身抚弄海棠的花叶

阳光涌进窗户

与她耳垂的血液混淆为透明的殷红

——这梦里的形象

下雨都会浮现

绵绵不断的雨

淹灭沧海明珠

洗尽湘江竹上无限斑痕

也不能遮断她带来的那个日期——

如楚帐和歌时，都无计

2021.7.18

2022.11.6　改

宴

歌

二道桥：大巴扎

——赠沈苇

三万只羊头涌入光的集市

它们熟睡的眼睛

如何与中亚的星辰

交换相互的怜悯

而一笑便令人销魂的维吾尔族姑娘的美人痣

拿什么来交换

惚兮恍兮

我是那个在一家出售羊毛地毯的商铺前驻足的背影吗

那个系着和田玉腰带的翩翩少年

他是龟兹的王子还是波斯的富商

时光倒流，恍惚神魂附体

我果真拥有了他那一刻的愣怔

和千古痴心

宴

歌

Y
A
N
G
E

除了从太阳的土地上捧出红玫瑰

从热瓦甫中捧出冰山上的雪莲

还可以拿什么献给她

无花果成熟的季节

我的冥想之旅如西域三十六国地图

刚刚打开

就被刀郎的歌唱声草草卷起

二道桥游客与商贩云集的夜晚

达瓦孜展开另一条魔幻和现实之路

2004.10.6

2021.9.16　删改

注：巴扎即集市；达瓦孜，维吾尔语，走钢索。

宴

歌

Y

A

N

G

E

吹箫者

西域。啸聚的风

召集满地乱走的石头

黑塞青魂

静静谛听

坎儿井的水，若断若续

流过千里戈壁

其时

一只干裂的泥罐

早已陷落欧亚不可知的流沙

沙之子

那闻雷而腹胀如鼓的蜥蜴

在净月的感召下

宴歌

在不期而至的

流水之音和幽幽箫声中受孕

吹箫者

自西南而来

径自穿过一座混血的城

继续向西

西极之西

负箫的行者

抢先于宿酒未消的旭日

——如承载着一列绿皮火车的库尔勒

独自在旷古的节奏里闯荡属于自己的历史

2004.10.7

2021.9.4　删改

冬夜的童话

星星的绿火贴近窗户

西风凄厉

孩子害怕楼群间的饿狼

语言挡寒，从锁眼

往外倾注

关掉灯

城市睡去。天真的幻觉里

黑暗变异，手电的光束

从人的睡梦里抽水渴饮

如白杨的柱子无限膨胀

影子变得可怕

街道树木骚动不安

邮筒路牌果皮箱

宴歌

Y A N G E

长角的自行车

霜空里长臂吊车的影子

一群胆小的动物慢慢聚拢在了一起

2021.12.3

写于南京 给语上

040

失忆时刻

某日清晨

当我在一个山城的宾馆房间睁开眼睛

要打开手机但突然忘记解锁密码

昨晚我竟渡河赴约？在哪里

跟谁们在一起

我被过去拒绝，也被现在

几个冰冷而模糊的阿拉伯数字

近得比什么都遥远

一只渡鸦

和郊狼争夺罢食物

从升腾的雪雾中归来，依然

能找到它埋藏在积雪下的

一截黑橡树的树枝，而我

宴歌

正在与遗忘紧张地较量

大汗淋漓

2021.12.4

写于南京

河西雪野

一座即将安装完成的高压输电塔上

有人在空中作业

还有几个忙碌的身影，戴着棉帽

在高高的塔下，从一辆停在附近的卡车上

运送材料

村庄如新雪覆盖的劈柴垛

实诚而轻盈

炊烟生动，散入旭日

距霍去病鞭指过的烽燧抱守的残梦

已相去遥远。群山逶迤

一支在雪中摸索的队伍

离开村庄，向着星星峡缓慢行进

宴歌

Y A N G E

流霜烁银

在输电塔排列向地平线的旷野

光伏发电板如无数甲胄之士组成对空方阵

硅晶的鳞甲收服哗哗的日光

一只喜鹊

从高速公路上方飞鸣而过

积雪和白杨的村庄，有她的表亲

2022.1.4

途经张掖

池塘清碧

几只野鸭在水上漫游

树影，随正午的日光

在水底刺绣着丝绸的图案

几只毛茸茸的小野狗在枯黄的草地戏耍

人语迫近

它们快速藏身于一座板桥之下

那水晶般天真无邪的眼睛留在何人心中

积雪点点

干净新鲜

蓝天下

一株光秃秃的白杨托着鹊巢

如途经黑水国的唐僧

向一只上岸抖翅的野鸭

小心问讯

2022.1.8

气温骤降的夜晚

北地。一座急剧失温的人工湖上

烟水蒸腾

一双急于摆脱坚冰围困的手

升入天空，抓取一把铜质的长勺

如果此时

雪月流霰

从湖心小岛传来野鸭切切的叫声

如烛火穿过黑暗的门廊

我们便能从深陷的噩梦中得到拯救

———————————

2022.1.9

宴

歌

烟花赋

无数烟花绽放在除夕的夜空

大地上居留的人们

欢娱何其短暂

月在月宫失眠，山在山外清愁

水上孤舟

一只酒杯和沧浪推杯换盏

假若停止划动，黑木耳就会

迫不及待从水藻缠绕的桨上悄悄生长

催情春风，何以自古无情

———————————

2022.2.1

宴

歌

极地童话

——给语上

你好

海岸线上

晒太阳的海象

因纽特人

用闪电的鱼叉打招呼

出其不意

和惊涛骇浪拔河

把身中鱼叉咆哮的北方老虎

拖回到岸上

因纽特人笑盈盈

粗眉细眼

牙齿雪白

宴歌

Y A N G E

用海象牙磨制的弯刀

切割雪砖

筑造雪屋

从冰块镶嵌的窗户里

仰望北极流星

划出无数蓝弧

因纽特人相信

神灵在上

鲸鱼油

在石灯里幽幽燃烧

父亲和母亲的心

烧滚的开水

多么珍贵

睡足醒来的早晨

海豹皮靴子

又冷又硬

用牙齿咬咬

再咬咬

让孩子试脚

无需太阳作证

因纽特人

许给孩子

七只白狐拉着的雪橇

祈祷冰雪永不融化

笑声和蓝色雪雾

在童话般的白夜

阵阵扬起

2022.2.2

宴

歌

冬去春来

在梦中我不时有一种找不到鞋子的焦虑

杂乱的鞋子新旧都不是我可意和穿过的

一场雪停在空中，一个人在原地打转

痛苦变成青石的门槛

绿水舒张的波纹已经试着柳条儿的柔情了

可我听不见桃花的芽苞在更远的野外叫喊

可我须要学会理解

白蛇早已从美好的传说中飞离

在闪电之夜缓缓蜕去蟒袍衮服

在青草雨水中获得新生

冬去春来，世事如此

2022.2.4

宴

歌

春雪之俳句

一

晨闻铲雪声

恐惧的阴影似被从骨头上铲尽

骨髓流淌始如《春之声圆舞曲》

二

鱼过汤山盛宴

鱼刺如图穷之匕首

空挑残灯

三

鸟轻只身飞

寺古雪意厚

煮茶自斟乃如心底种松

宴歌

四

何人探取爱的天机

借老梅新枝戳破雪月

如捅破一层窗纸

五

泥浆在道路上翻涌

手推婴儿车招摇过市

正如远郊白雪覆盖的冬小麦日益茁壮

2022.2.6

偏执狂

沿着"肉身之路"回到天真

已经永无可能！不幸与自来水

已然不可分离

心的陀螺昼夜旋转

在耗尽最后一滴心血之前

一个筋疲力尽的人其实不会

顾影自怜。更不会正眼看谁

月光嘤嘤

野蜂刺绣着一条看不见的枕巾

2022.2.13

注：①波兰诗人科霍夫斯基曾在《波兰赞美诗》中写道："我沿着肉身之路离开！等待期盼的一天到来！那一天，天亮后不会再有日落。"

②米沃什在《我也曾喜欢》中摘引科霍夫斯基诗句："我也曾喜欢，对着镜子顾影自怜。"直到自己弄清，什么叫"沿着肉身之路"离开。"抗议毫无用处。""老人们已经明了，因此沉默无言。"

惊梦

一

我的宝贝幼子从我身边走失。失魂落魄的时刻，墙影如崖壁欲倾。墙的迷宫里雾气沉沉，不知历经了怎样的曲折，意外地穿过了哪一个锁眼，恍惚搜捉到一枚水晶玻璃球！噫！小小球体趋向扁平，带着类似桃子表面的腹缝线，带着泪的熔渣，粗糙变形……一个希望的赝品，让我更加渺茫。我是如此失望，焦虑代替星星，填充夜的深渊。

痛苦噬心。我在一场失败的梦中刚刚醒来。

二

我在领取我被火化的骸骨。一个火化工推过来一个抽屉，我感到盛在里面的骨头那么少，并非全部，有一块似乎被盗取，藏了起来，我想要追回，他冲我笑笑，一张脸随即消融于焦煳的空气。我抱着犹在散热的结晶的骨殖——并非舍利，如一朵云，不知所终。

三

一个死去很久的人，红光满面，坐在我面前，一手端着一碗汤圆，一手用汤匙往里面舀着。一个又一个漂浮的汤圆，突然变成了熟悉的人的脸，眉开眼笑。

四

她春游回来了，背回一书包落花，还有刺梅的毒刺，扎在她记忆里——她不知道我知道。暗绿的窗外，雨泪飘瓦，牵扯着闪电的神经。三月尝新，四月迷蒙。

五

桃花红，杏花白。她单为我穿过一次的春服，被虫蛀了。我一边流泪，一边在那些虫眼里数星星。

六

还剩半牙金属的月亮在那条巷子。蹿房越脊的狸猫已隐居南山。青山不老，吾衰矣。

七

谁来添饭？一影伶仃，立于幽暗中，眼神忧戚，注视着一只青花瓷碗。一双筷子，一枝素白，一枝漆黑，在春夜里搅动。

八

蜂过断桥，白蛇崴脚。站在大片盛开的油菜花中，春天微笑，阳光齐腰。

九

雨中，槐树变得亲近可信，氤氲的树冠倾向一家茶楼的窗户。绿气充盈，渗透到一对情侣的谈话当中。茶几上，一对高脚的水晶杯，盛着冰白，清净，妙曼。时间过了多久，也许几个小时，也许几年，或更为长久，一对金鱼从依依的话语里游出，睁大惊奇的眼睛。绿荫庇护的窗外，闪电交欢，雨水涓涓，把四月的每一片叶子都洗作了晶莹剔透的碧玉。

十

河边柳树都绿了。一个身体如燧石般黝黑的男人，戴上泳帽和护目镜，把两只拖鞋套在手上，慢慢走下水，向下游去。那越来越远的泳帽，和天边出现的第一颗星星合二为一时，两条尾巴闪发着火花的鲤鱼，仿佛刚刚摆脱他肌腱鼓凸的大腿，蹦跳着，跃入月宫淡绿色的帷幕。

十一

短嘴的鸥鸟在流水闪光的河面，轻飘飘打转，像什么都会不记载的纸片。在世界的别处，有战争、地震，有生离死别，有我们永远无法理解和分担的痛苦。但我并不为自己贪图眼前的欢乐，以及为针眼大小的爱耿耿于怀而感到羞愧。人，包括一切生命，只能在自己的生活和命运里打转。

十二

类似我写诗，一个儿童向河水里投掷石块，乐此不疲。

2022.2.19-20

2022.3.16-17

宴

歌

战火

战火在燃烧

在一架被击中的飞机上燃烧

在多少被击中的汽车上燃烧

在村镇和城市燃烧

在一个死去的士兵的身上燃烧

在多少家庭的废墟上燃烧

在活着的人们的心里燃烧

在所有被烧光的心里

除了灰烬和雪，还有什么

灰烬是死亡唯一的归途

雪不是

2022.2.27

宴

歌

铃兰

白色的铃兰

捧在一个梦幻的手里

我想看清楚那个梦幻

她的眉毛

她的胳膊上的痘痕

她小心翼翼穿过黑暗时

裙裾下摆忽闪的一颗星

白色的铃兰

给夜半带来清香

露滴叮咚的私语

我的心

一个畜养清水的净瓶

开始漾动

她浅浅的笑

似乎改变了我生活的音色

白色的铃兰

捧在一个梦幻的怀里

如新娘

款款穿过我眉心的拱门

一步步走向别处

背弃的日子

白色的翅膀

浮现于我的归途

——她来时的路上

2022.3.13

雕像之歌

为失去的美

建造一座雕像

在水上

用青铜

星辰

发芽的文字

她胸中

容有万籁的音箱

因此只能用沉默

仿造她的花腔

众神走失的岁月

她仍在水上

宴

歌

眺望

闪电之舟

载着你

临近她脚下

双手合十

仰起脸

接受春雨

和她目光洗浴

青草的气息

上下弥漫

道心无边

2022.3.13

草原，一个场景

公路穿过

草原如向南北打开的书页

云很白

浮现于景泰蓝的天空

一户牧人家

庄前屋后，晾晒着割下的青草

成堆成堆的阳光

善良的姊妹是远处的山峦

溪流淙淙

百灵鸟细碎的歌声来自哪里

宴歌

Y A N G E

流水中的细草和青白的石子

会认识我们的面影吗

多年前的一个早晨

我路过玛曲草原时不由得想起了她

我们永远都没有可能到此居住

晾晒青草，晾晒奶皮

遗憾用文字把我们的灵与肉统一

留在公路分割的草原，留在诗里

2022.3.15

在马路边的一片林地里徜徉

上午，正是人们忙碌的时刻

布谷、喜鹊或流莺的啼唤

不时变换着调门

在这一片阳光洒落的林间草地

喷水龙头如笔挺而又虔敬的盲童

以不停喷洒的水雾之手

摸索着四周的植物

苍苔返青

大片嫩绿的忘忧草中

几枚蜗牛的躯壳

灰白、松脆，半没于尘土

大地上行走

星空下出没

用分泌的体液无比耐心地绘制一生的道路

曾经，它们活得多像诗人

呕心沥血，埋头写诗……

对不起

那笔挺而又虔敬的盲童

以变幻阳光色彩的水雾之手

打断诗思

一大团粉白的杏花

眩晕于蓝天下

如一个和平与梦想的远景

————————

2022.3.18

在梦与醒的界线

一株白山桃

越过铁矛的栅栏

呈现她柔美的裸体：

爱的机遇总是不早不晚

恰到好处

我在她以雨水和月华洗涤过的嫩蕊里

私藏星星的黄金

良宵不再

流水只顾走私燕子的唱片

春在玉堂，春漫绿野

———————————

2022.3.20

宴歌

为地丁花所作的短歌

谁认识那些抢着去扛苦活累活的人们

习惯于埋头扒饭

蹲在马路牙子或立交桥下

就像紫色的地丁花

在梦幻的土地上饮露餐霞

紫色地丁花

在马路边的林间空地

绽放比尘土高出三厘米的存在

日色暧昧的林间

催归鸟，嗓子在冒烟——

地丁花，没钱花

宴

歌

云英变着魔法

用嘴唇的杯子收藏大海

2022.3.22

如此美好的春天

杏抱香雾

柳分青丝

木末芙蓉

用新的花朵在虚空书写

爱的誓言

燕羽短

世情长

带着天下翡翠

和云山的妆镜

河水欢畅

流过达川

宴歌

河水是丝绸的水袖

舞动在五月的苇丛

招引十六只天鹅

飞临仙境

十六只天鹅

是十六岁的青春

返回到水上

可是

晴光生烟的河畔

酒楼的窗户

望春之心，为何纷纷紧闭

万方多难

花柳无私

十六只白天鹅

上天入地

化作噩梦中的飞机

尾翼，扯起黑烟的队伍

2022.3.27

宴歌

Y A N G E

注：达川，隶属兰州市西固区，东临河口，南濒黄河。

春水生

一

一幢建筑仿佛即将发射的运载火箭刺破青天

它朝阳的窗户组成的巨大的玻璃幕墙

将金色桥板平铺在清晨的河面，以接回那些

在梦中落水的人——都已失去了眼睛和嘴巴

二

在河道分洪的闸门顶部

鸽子每日的晨祷，都有阳光加入

流水回湾处，鸳鸯相亲，柳丝钓波如勾魂

这一切都让我心明眼亮，再无人事到心头

三

河水向东，从白塔前流过

无心记得檐马叮咛摇醉昨夜星辰

宴歌

苜蓿嫩绿时，梨花一树白无主

问谁？生生粘住了蝶翅

四

公园里，扎作花灯的小鹿

站在榆叶梅盛开的草坪等待天黑和它的喜筵

电流是血液，会把最美的花瓣带到它身上

星辰间漫步，独自觅食天上的嫩蕨和黑亮的水分

五

雪松。黑鹂。音乐厅。

河上鸥鹭让我意外发现，两张音乐会门票

夹在读旧了的诗集里面，过去的时间地点

以及唱彻阳关的歌声一起来到，春水上岸

2022.4.1

卷
二

宴
歌

宴

歌

春如旧

断水

断电

断气

断粮

断桥

断腰

断雨

断指

断香

断肠

宴歌

断后

断愁

春如旧

柳梳头

半天青

青断魂

战火在

世界别处

别处也是

心头焦土

2022.4.9

倒春寒

这么早

昨夜下过雨

梨花入泥

层层薄凉

层层

苍白的脸

消毒纸的水分

已和月光

犟散

有人赶华林山送葬

有人赶吃头锅面

宴歌

有人赶去早市

卖洋葱土豆

更多人依旧

还在梦中

更多窗户

哪会注意到

美学的月亮

正如

一艘巡洋舰

在黑海

快速沉没

2022.4.17

就此别过

杨柳与春思

就此别过

浮云连绿

白头自知

不再翻酸曲

桐花与碧梧

就此别过

花落由之

凤凰一去

去试并州快剪刀

翅膀

宴歌

没入星辰

去裁昆仑玉

凤凰一去

喜鹊踏枝

悲与喜

都无语

白日久立

望河亭下水空流

风漪入青碧

2022.4.30

注，望河亭，位于兰州市雁滩黄河段，旧址原为兰铁泵站废弃的泵房。

宴

歌

银滩日记

新绿明目

蒹葭苜蓿

高柳青染银滩

在水上

匹鸟悠然从官鸭鸳鸯

或乌仁哈钦的称谓里游出

——是曲水流觞

钢琴奏鸣的阳光

桃花灼灼

人面桃花依旧是锦绣漩涡

此日多少好汉安宁寻芳

烂醉在桃花劫中

宴歌

Y A N G E

这壁

一只遭弃的小狗儿

怯生生躲闪着行人

于湿地觅食

长毛遮眼皮包骨

何如一枚跌落的青杏

为一个游园的稚子稀罕

捧起到天真的手心

2022.5.2

静物：瓶花

——读画兼赠裴林安

花瓣

青春的脸庞

自幽暗的背景中

次第浮现

白里透粉

掺以嫩绿

因干净无邪

可以透析黑暗的血液

可以忽略一切过错

晨光汩汩

石磨里涌出芳菲的豆浆

宴

歌

有人开始怀念

画框外

久远如的确良的年代

2022．5．4

一瞬

很多年前秋天的一个午后

在异乡在维多利亚港

我不由得想起了你

曲江烟冷

莲房顾影

凝听游鱼踱蹀

没有其他任何礼物

配得上送你

一艘游艇

翻飞的鸥影

不过是轻烟几点

如香槟中的浮沫

宴歌

秋水青天湛湛

一色尽该卷走

裁作衣裙

2022.5.4

村史：枫相张家院村

——赠肖庆康

一

烟火熏黑的吊锅

在冷寂已久的火塘上

梦想沸腾

和夕阳的火枪失散经年

牛皮的火药葫芦

早已安于哑默

院前屋后

鸟性热情

持久为一个哑孩子

寻找着声音

宴歌

Y
A
N
G
E

城里春尽

五月翠嶂

依然青衿簪花

瓷竹虚心

敬畏风雨

因而相互扶持

丛丛逍遥

清扫山月

清扫山房

二

抽棕成服

一袭蓑衣

湿云上山

斜雨下河

团鱼潜水

燕羽飞飞

仿佛劳动者抬着金簸箕

在流水中淘金

细雨石锅烹鱼

天晴分户焙茶

芽芽黄金

片片成阵

三

姚渡不远

青川不远

宴歌

青春到暮年

只是隔着一道山岭

三五点灯火

和一场冷雨啊

在这鸡鸣三省的僻静村落

依杖看山的老人

恍惚就是我影子

渴望着青山和谁人的照看

红枫听露

玄鬓的秋蝉啊

快把带着复音的助听器借给山外

那音信久断的亲朋

2022.5.21

金簸箕：淘金的工具，又称淘金盘。

宴

歌

环州古城

胡笳羌管

四面边声早已化作逾越关防壁垒的青色了

老塔安稳

过了宋元明清

又见新城

黄昏燕子速捷

抢掠灯火的樱桃

和爱恋的背影

市井热闹喧哗

粉墨登场的人

掏心道情——

身子是个皮影影

宴歌

桩桩换个脑袋

还想和你睡一宿

意重难禁清泪

更怕入道情

正如城里那一口能煮六十六只肥羊的铁锅

空忆壮士

白发风尘自萧关古道姗姗来归

2022.5.21

注：桩桩，环县道情皮影人物由头梢和桩桩两部分组成，桩桩即影人身子，为民间俗称。将头梢插在桩桩的颈套里，与桩桩组合成形态各异的影人，俗称『线子』。

宴

歌

奇遇

　　在梦里，我光着一双脚，走在人影幢幢的大街上，冰凉的脚底被异样的目光硌得生疼。

　　我想掩饰我的窘迫，但一块蔽体的粗布怎么都不能够遮蔽到没有鞋穿的脚面。

　　我心慌意乱地走着，离家越来越远。行至郊区，在乌云和荆棘深处，遇见一位刘海齐眉的异族女子，她在门楣已经歪斜的老宅里，削肩明目，翻阅一册发黄的线装的诗集，目录上竟有杜牧和我的朋友的名字。我不知道她是不是也知道我，读过我的诗歌？

　　我正在寻思，岂料她捧读的手变成一双飞鱼，快速穿过乌云，没入青冥。

2022.5.28

宴

歌

Y
A
N
G
E

诗画册页

题记：阳飚兄作水墨小品，自成都索句。戏笔和之，一画一诗，成此册页。

寄信

当我把一封信投入街头邮筒

那幽绿的光

就变成了蒙蒙秋雨中沉甸甸的莲房

凝结心香的莲子

在苍茫的时间之水上等待解放

散入群星

群星亦是寻求倾诉的语言

亦是短暂的寄寓啊

宴歌

我的眼里只有你

戴眼镜的猫

耸身如春山

冷不丁飞身跃起

给抱着电话的女主人的臂膊

留下了抓挠的痕迹

如种水痘

干

离地三尺有神明

三尺之下

我忍不住举杯邀请

画框里的我

和咱家干杯

好酒好色

天上地下都一个鸟样

           2022.5.28　灯下

孤松

奇崛才是正道

才能高松出众木

以星辰为冠

自在观世

三世一刹那

鸟飞天外

还有哪一位诗人置酒松下

风入松

应是青魂

转回家中

           2022.5.29

骏马

何必金络脑

马头生角

比马头琴可要好听

可要辽阔

马蹄嘚嘚

随性撒野是如此欢畅

让甩在尘土后面的关山羡慕嫉妒老夫

人骑合一

朗星经天

去敦煌

李广杏熟的时候去敦煌吧

鸣沙山的沙粒集体念经

为圆寂的落日祈祷时

赶去月牙泉

饮一饮陪你走过黑戈壁的骆驼吧

它的脚掌都快被一路滚烫的砾石烙熟了

泉水中招摇的七星草

在铁背鱼和铁背弓之间

有一盏荧荧青灯

疼爱你

疼爱百代过客翻动经卷的手指

如善愿

我是稻草人

不管有没有一顶草帽

你我都是草民

都是麦田守望者

宴歌

麦芒光耀

在这收获季节

让我们转圈作揖吧

麻雀麻雀

热烈欢迎蹲点

来我头上

热烈欢迎指点

去那只有老人和牛羊的村庄

尝他青稞食我小麦

雀翅掠掠

别割小人的耳朵

风雨归来

漫天风雨

西湖早已无伞可借

碧荷滚珠

过水时顺手捞得一片

顶起走路

漏鞋踩水

蛙鸣陪送

出门千里寻觅

虽囊中空空

回家便是新人

2022.5.29

青春万岁

后思一条辫子

前想一条绳子

我想攀爬进广寒宫里

放一场大火

食无鱼

支起锅灶

把水烧滚三遍

等米下锅

鱼从天外飞来

复向天外飞去

空想的锅里哪有荤腥

坐困成愁

指骂鱼儿贪生

下了南海

又骂南海

是浪花编织的竹篮子

提在老菩萨的手里

鲜有布施

2022.5.29

一拜

小小青蛙

受我一拜

你也没了尾巴

郊区说话

只谈流水疏星

不提烂尾楼

黑洞洞

一似月明

2022.5.29

胭脂牛角

牛角挂书

天下书是读也读不完的

倒不如稳坐牛背

且行且看　一路风景

流水呻吟

且莫作犀牛回首望月之状

且向前　且捂住讶异之口——

婆娑一树胭脂

钻出牛角举火烧天

竟为先锋

　　　　2022.5.29

开往春天

花有信

一卡车的情思

要我快递给春天

春天在哪里

难道只有少年心才是过去和未来的地址

回家过年

提鱼担肉

还能担回一对大红灯笼

欢欢喜喜回家

过个大年

大红灯笼高高挂

谁家门神老无牙

满脸通红

喝口西北风也晕晕乎乎

直道好年成

2022.5.30

异想

攀爬到一只长颈鹿的脖子上

去抱着它撒个娇吗

宴歌

在生命漫长的进化过程当中

它的祖祖辈辈历经了怎样的痛苦挣扎

才可以如此高昂着头颅

把脖子伸长到无形的栅栏外面

吃到高处的嫩叶

它在咀嚼岁月

我想近距离听听

可正是那咀嚼孤寂的独富营养的声音

壮实它的骨骼滋养了一颗从容的心

使它可以和捕猎的狮虎灵活周旋

一次次摆脱绝境

攀缘到它耳边

悄悄试问

自由遗传基因的秘密究竟是什么

它是否愿意领我

去神会那有着至高法则的天外的星辰

2022.6.3

练习倒立

怎么练都练回不到婴儿
在母腹的状态了

头扎激流
早鸭辛苦只求果腹

你呢
一遍遍用双手
托举地球

把过来过去的人
从头到脚
颠之倒之
反复打量

倒立治疗胃下垂

宴

歌

有人恨不能

马上吐掉胃里的石头

可谁愿意吐出昨夜吞下的大象

2022.6.3

江阴

梅雨时节

从鹅鼻嘴过往的船舶

似乎吃水更深

更稳重

浪打船舷

寂寞潮起潮落

汽笛以沉默鼓励

大大小小的青蛙们

登台自乐

烟雨苍茫

古丘青青

在风生鱼腥的江畔

三百六十家茶楼在哪一家

宴歌

能意外遇见

延陵季子

他悬千金剑

我有倒屣心

我想迎上他

和他手挽着手

换一家热气腾腾的馆子

喝杯黑杜酒

吃碗刀鱼面

雨声正酣

太湖浮蚁打鱼船

远远地

在我们的谈话里一闪一闪

2022.5.31

匹马

独立苍茫

凝望铁石秋山

秋风嗖嗖

削尖马耳的凉飚何曾目睹过射虎的白羽

何曾听到过弓与弦的惊叫

血与火的呐喊

水声沉淀边声

秋草骚动

和寂静连成阵势

夕阳自去山外

寻找生锈的犁铧和狼粪的火种

宴

歌

Y

A

N

G

E

不望锦鞍红缨

一匹陷入追忆的马

纹丝不动

飞魂已自四蹄翻盏

随李广

泼翻漫天星斗

2022.6.4

華亭夏夜

山月白净

河谷里幽幽的流水

把人说话咳嗽的声音

带出很远

仿佛青黛山麓

明明灭灭的松露

滴滴都以无比留恋的态势

延缓失落的过程

华尖古亭

何从相会

芍药是否依旧绰约

爱的诺言是否尚未倾圮

尚可宽坐亭中

宴歌

回望一城灯火

如麻庵河里结队出游的桃花鱼

以桃红为信

轻搽春腮

三千米煤层

在大地深处捂住乌金的火苗

山月随我胡乱寻思

如安口瓷器

又经历了一次窑变

不为人知

2022.6.5

汗血马

——写给语上

三江口　山地游乐场

它在驯马师的牵引下

接受一个稚子的爱抚

胡儿十岁能骑马

这一匹名叫追风的龙驹

肌腱凸鼓如滚石

背驮着头盔锃亮的小小驭手

高头扬鬃踏沙而行

四蹄稳重

如是古墨锭移星换斗

一道雪白贯通鼻梁

分开黑水晶般忧郁的眼睛

135

宴歌

Y A N G E

山下浩荡涌流的黄河水

是野性未减的汗血

半明在落日下瑟瑟

半暗偾张于大河子孙的脉管

出海渔猎的壮图

岂止是芦荡外青星朗月的愿景

2022.6.12

宴

歌

鸵鸟

雁身驼蹄

从何时起

它开始在亚洲的围栏中眺望非洲故土

翅膀如帆

不可以越洋

翅膀如帚

不可以除忧

翅膀如闸

不可以收心

书载鸵鸟食大麦啖铁

如今被圈养观赏

灰条在困倦的眼前晃动

宴歌

无花果是炎日的甜心在非洲

在角马羚羊和饿狮游荡的途中

一道闪电自天边掠过

荒原走兽折遁

奔往云中

2022.6.12

7.20 删改

注：灰条，即灰条菜，藜属植物，一年生草本。

宴

歌

小陇山林区

一起去看西山石壁

黛松云根悬泉百丈

却退炎热于十里之外

行过石桥

一条石径通往山脚幽篁

飞禽时鸣木耳暗肥

只待明月乘时而来

七姊妹花的清香

收住一只蝴蝶的翅膀

要肯在此流连

就如花蝶醉梦一瞬

宴歌

鱼儿在碧潭中慢慢游动

我们拣水边凉亭坐定

看山吃茶

绿上衣襟又入骨头

度过一个难得的下午

行所无事多么自在

我们不过是要注意时时清除

心里的落花败叶

保持水潭的清净

涵山养真

2022.6.18

双鹤

欢醉归来的夜晚

梦见两只仙鹤

一只湛蓝一只素白

高足丹顶在水边结伴而行

梦里无人

怎么听到了依依的话语

梦里无我

我怎么通过不存在的眼睛

真真切切看到了一对神仙眷侣

振衣信步

异样的光彩

从里到外洋溢到每一根鲜洁无比的翎羽

宴歌

Y A N G E

在它们侧目的前方

是鱼贯而进的天鹅（恍如银笙）

化作笨拙的手掌在水声中漂流觅食

在星辰间也不过如此平凡

2022.6.19

甘州，雨后的湖

深夜喧响到天明

石濑在远处

更远，依次是绿色中隐约的楼顶

长云垂顾的雪山

一片湖

湖面孤单的野鸭

孤单如一只鞋子

醒来时找不见另外的一只

水生芦苇

新疆杨吸饱了幽暗的水分

纯银的立柱支撑着寂静的天宇

云间垂下的虹桥

宴歌

于滴滴晨露中

渡引着消失于西窗夜雨中的人事

如果此时

有一对鸟儿

在青铜的枝柯间跳跃顾盼

它们可是私奔的男女

从单于阏氏的年代到现代再到未来交颈而鸣

新的建筑于水中完成

2022.7.1　张掖

芦水湾

芦水湾，芦水湾

细浪拍打着湖岸

夜雨和芦根相互诉苦

雪山是自闭症的孤儿

隐身大野悲喜自渡

灯光编织着流火的麦秸

百脉根的花在暗中开放

我血液中纯金的金币谁还稀罕

我歌声中的涟漪只有云杉愿意仔细分辨

芦水湾，芦水湾

我有一所面朝湖山的空房子

和一个等待开垦的菜圃

谁肯来此与我虚度光阴

宴歌

在每一个早起的清晨

喜见旭日

把金色的小锄头分发给悠哉的凫禽

2022.7.1　张掖至兰州途中

嘉峪关下

——赠李长瑜

黄昏时我们一起去戈壁滩上

南望雪山

让凉爽的夏风鼓满衣裳

在我们身后

雪山与黑山遥相拱卫的关城渐渐沉黑

高速公路上东来西去的车辆闪着灯光

呼应着在天上奔跑的新星

想当年

林则徐霜发苍苍远戍伊犁

自雄关向西

马车摇晃的大轱辘追随落日

碾压着萧萧风声和遍地啸叫的砾石

寸寸艰难

宴歌

YANGE

摸索着心灵与祖国的边疆

如今关头一望

白色的三叶树列阵到天边

借瀚海风力

巨大的叶轮昼夜不停把光明输送到四方

输送到雄关下不夜的新城

——在那呼蚕水导引盘空的钢铁虬枝

撒播丝路花雨的梦幻之地

十九座新湖虹桥勾连灯影和星辉金光荡漾

有红柳烤肉美酒长歌还有我们的今盟前约

短衣轻便他年还来河西

指点明月

照彻祁连雪

2022.7.2

注：呼蚕水，即今讨赖河，属黑河水系，为嘉峪关市唯一的地表水，古文献中称谓『呼蚕水』。

宴歌

Y
A
N
G
E

过河西遥望雪山归作短歌

世间的人啊

杏花的香雪还没有闹够

李广杏就青了　黄了

如果黄尘就是黄发

遥望雪山的人怎会内心伤悲

雪崩倒涌

碧空堆满了无尽的丝绸

2022.7.15

宴歌

经望河亭有所思

河水浑浊湍急

贴水低飞的燕子呀

哪里还有贴着耳朵说话的人儿

雁滩一夜雨

青芦多少倒伏

草地积水往洼陷处流注

泠泠的声音针剂般清凉

何必太息

当上望河亭放眼一望

汉使张骞凿通西域的背影犹在道上

执着跋涉

——是真男子

2022.7.15

宴

歌

肃南

——赠阳飓、孙江

山坡上的白桦树

尧熬尔人的兄弟姊妹

在长发披肩的歌手铁穆尔的率领下

把用山泉水煮滚一腔肥羊的热情

和留醉白云的歌声献给远客

二十三年过去

奔腾的隆畅河

翠绿的水纹依旧活泼

用微笑的韵律触动着我的心思

我还是当年醉卧林间磐石

招手雪峰近前陪话的那个鲁莽青年吗

铁穆尔

你的老根在雪峰之下云雾深处

宴歌

那里是百草和狼毒花世世代代争夺地盘的皇城大草原

那里的鹰翅在春天里弑杀浑身长刺的落日

炊烟多情世袭美人弯曲的腰肢

那里的牦牛在狼嚎下霜的夜里摆成阵势站着睡觉

今来不遇

我多想去那里和你相逢

盘腿坐在草地上听你端起海碗眯着眼睛忘情长歌

让明月加入

再醉一场

五黄六月剪羊毛

铁穆尔

县城里正好有一支医疗队要上草原巡诊

逐帐访问

他们能遇见你吗

我想捎去我的感念和问候

还有珍珠杏一样小小的祝福

———————————

2022.7.18

宴

歌

红玛瑙之歌

是在大漠边缘的一个小镇

我意外得到了这一串待价而沽的红玛瑙

未经雕琢的珠玑

是日月与风雨共同孕育的胚胎

是火与血的姻缘的剪影

是被奇异的想象搜尽瀚海

串联在了一起的温润的词语

执子之手

唯有沾染了马兰草幽香的素手

才堪佩戴这一串光彩内敛的红玛瑙么

宴歌

曼德拉群山

一峰骆驼踱出黑色玄武岩

反刍着瞌睡的星星

2022.7.25

夜半听雷

掏空了

雷的铲车在深夜开掘

万重云山都要被掏空了

滚雷阵阵

焦虑的矿碴被运往何处

惊风骤雨

槐花落了一地

逃难的皱纹簇拥雁滩池水

突破湖岸线的封控

闪电的路口

有一辆巴望放行的自行车

等待红灯变绿

梦里的人

都还在自觉排队

去交生活的罚款

雷电交加

我在蚊子的叮咬中醒来

起看手表的指针

指向阒寂

2022.7.26

二胡

只有我了解我深沉的情感

在静谧的黑夜里，只有我

能把泉水里的月亮

和安眠药自溺的形象分离开来

和过去　　分离开来

我既是弓　　又是弦　　经纬相惜

我把我血管里的风波和苦涩

化为松香和音乐

把一整座空山变成鸟儿的乐园

溪水幽咽　　亦如一曲忆秦娥

2022.7.30

宴歌

琵琶

凉州故地

葡萄美酒和星辉交相流溢的夜晚

琵琶声起

胡语阵阵，自空际传来

轻云微酣

黄羊在红柳的古滩头侧耳凝立

红氍毹上

胡腾儿双靴腾挪鹞身起落

邀月却月，珠帽偏斜

劲健的生命为何只是一阵旋风

飞扬的眉毛和多情的眸子

为何只在一阵旋风远遁的漩涡里

灵光一现呵

宴歌

千载遗憾

只留下了琵琶的余响

岂止留下了余响

琵琶倾诉的弦音和拱形的琴房

难道不正是雄强与柔美的灵魂永世的寄托

为流沙掩埋的只是驼铃的坠简

只是胡商一线驼队的背影

消失进半轮落日

善会翻新的琵琶

今夜单为一列飞驰穿越欧亚大陆的机车伴奏

反弹琵琶的飞天细眉凤目

正在云中舞动长带飘垂的腰肢

2022.7.31

夏日短歌

一

他在一张宣纸上

画上山水　云烟

敞开窗户的茅屋

然后投笔遁去

鸟儿飞来

荡悠在青枝

嬉笑　小桥流水

白云别无选择

只能和水里的影子去谈恋爱

二

燃烧的太阳

失控的橡胶轱辘带着焦煳的味道

碾过水蓝的皮肤

更深刻的烙印留在老人孩子的心里

三

闪电抖开长鞭

反复抽打黑暗里痉挛的原野

犹如吆着一架运粮的马车

翻越青松岭隆隆的雷声

四

路面沥青

腾起丝丝缕缕青烟

仿佛被碾压很久的黑暗

在直射的太阳下

无声挣扎

渴望化作老鹰的翅膀

掠过荒原

五

那些在梦里坠亡的人的名字

不会被悬铃木记挂

悬铃木亦如日头自知沉落

叮铃叮铃

在风的叶簇中像鱼在江湖

不说谎话　只吐泡泡

六

银杏树的树叶

最精致的扇子

都是从公主口里吐出的

宴歌

Y A N G E

窗户里没有灯光

什么也没有

银杏树知道

谁家的墙只会不停地流汗

叶子边缘的锯齿

来自暗中叹息

2022.8.1

黑河湿地

罢钓避让在春天产卵的鲫鱼

蜻蜓飞临稻田

纱翅透明如酒　如款款小令

使雪山倾倒

在这白天鹅打个转身就不愿离开的地方

鹿的踪影如舟楫在无边青芦中出没

那敏捷如流火的族群

温柔似曙霞和傍晚的炊烟

它们几时收到了这一方沃土的邀约

也从深山险处迁徙而来

和市镇边缘的移民新村比邻而居

呦呦而歌

宴歌

我想折一枝芦管

为白波雪意寄情深远的黑河伴奏

过了春夏

秋声吹老了芦花

芦花多酸楚

酸楚又欢喜

这短暂的一世

终将迎来大雪纷飞的日子

终将和冷龙守护的雪山白头偕老

2022.8.12

马头琴上的草原
——听苏尔格演奏《游牧时光》感赋

你的草原

是在一个人的心上

是在你自己心上

假如在一个人的心上

连一株苜蓿都找不见了

最后的奶渣

被一只蝴蝶收走

你还剩一个马头抱着痛哭

你还剩两根马尾相互倾诉

万里无云

云雀喉咙里的海子都蒸发了

走散的人各奔前程　各自珍重

177

宴歌

马的骨头　和马走失

走失的骨肉都会在春天变绿

生和死

都会绿在一起

2022.8.20

宴歌

天上有一双眼睛看着我们

我们用勺子泼洒乳浆

祭拜过朝日夕月了

羊牛的秋膘如玛瑙般趁手的日子

我们在草原上铺排开宴席

把该享用的美味享用了

把醇香的美酒喝足了

我们缺吃少喝的时候

把不能吃的苦都吃遍了

与孤独相依为命

为何在这歌舞相伴的日子

有人依旧孤苦无依，坐在宴席上

坐在自己心里的荒坡

与银枝水晶的灯火反倒是从未有过的疏远

宴歌

Y A N G E

一夜篝火留下灰烬

酒杯笑语盈盈

酒杯旁的嘴唇芳华落尽

与晓星一道沉落

你已无话可说

我还有何话说

天上那双眼睛始终看着我们

拍拍身上的尘土

在大地上不见了踪影

河水滚滚

大雁飞走

秋风割断情义

马头琴的琴弦断了

留下秋草染黄连绵山峦

———————————

2022.8.21

宴

歌

卷 三

浩 歌

宴

歌

大象

象群迁徙

扇动着蒲扇的大耳朵

驱赶蚊蝇。遇水而饮，喝饱了

又朝新的目的地进发

一只还在吃奶的小象始终紧跟着母亲

那只不知什么时候落单的大象

脱离了种群云影一样漂移的板块

它已经老迈，神情恍惚

跟进的狮群舌吐莲花

花儿为什么这样红

它沉重的脚步

让我的心陷落在无言的黑夜里

2022.8.28

大悲咒

在这露水一般的尘世

相遇不曾相爱哪会有羁绊

同心永不离居哪会有忧伤

多好呵你的手

终是在我攥紧的手心里慢慢变凉

在我变成一粒尘埃之前

你已绝尘而去

2022.8.28

宴歌

忘怀

走到尽头

就是一个人穿过自己的针眼

穿过一场湿漉漉的大雾

晨钟

自天空深处传来

把阳光和金色的落叶铺满了山间小路

一双布鞋

初尝了秋声的喜悦

2022.9.3

宴

歌

秋风辞

秋风入骨

蟋蟀在夜里不停地叫着

月光下的草露

圆满的梦

粒粒惨白

滴碎山河

有多少有苦叫不出来的人

暗中咬紧牙关

像火在石头中一言不发地忍耐着

秋风洗地

多少人心里落叶纷飞

你的心里已一无所有

宴歌

你是爱的遗址

大雁南归

大雁是一个人的印信和古琴

大雁是一个人的背影

秋风吹

草木黄

秋风敲打着你的骨头

你的骨头上曾刻下白云的名字

2022.9.4

中秋志

天上皓月

存着人心里的秘密

青衫香襟樽酒红云

欢乐总是有欢乐无与伦比的模样

西窗剥蟹的日子

醉眼赏菊

笑指斜阳是一朵带露的金菊

有心人皆可簪戴

——那是一曲延醉月下的清平乐

犹如梦里，只在天上

桂影婆娑，玉兔夜夜捣药

最是今夜

宴歌

空洞的声音寒彻了

青海一颗无眠的芳心

一人枯坐

2022.9.11

到草原去

——有赠

我多么想到草原去

大哭一场

一个人大哭

无需下雨

无需八月九月的闪电陪我恸哭

山冈上有云

云很白　云中马头

眼眸湿润又黑又纯

风吹过青草

风的形象留在草的腰里

年年草根为何总能盼绿风声

宴歌

Y A N G E

我把所有心血和泪水交给野花

野花把红颜交还给大地

只有大地有情有义

冰霜至时默默收留下我们

2022.9.18

秋分谣：波斯菊

在秋天的疆域

大片波斯菊就像幸福的颜色

就像我们曾经撒下的种子

在河堤在路边

在梦想的田埂和房前屋后

它们把白天和黑夜一分为二

沐浴着紫曦和月露

就像美丽的肉体挂着水珠

就像大自然放纵的宠儿

用热血谱写着改变世界的日历

动情的波斯菊

是萨福的芳唇和头巾

是你腰肢的曲线

宴歌

它们把云烟和今天的太阳一分为二

它们就像痛苦本来的颜色和杯盏

自斟自饮

就像遍地旌旗分裂了秋天的疆域

和我的心

波斯菊是夕阳的印花

印在落幕的轻纱

2022.9.24

把一棵山楂树移栽到龙王庙里

——赠人邻

几次去庙里

都很少见出家的僧人

柏树的影子

如净水渗入地面

潮润新鲜

两个打杂帮厨的居士

在寺庙一角

披着暖阳

细细切菜

萝卜白菜

生生切断的声音

宴歌

Y A N G E

应和着燃香的轻烟

飘过寺院

一只打瞌睡的小花猫

几只叽喳的雀儿

——这是一个秋日下午

寻常情景

我非香客

进庙妄念

要是把一棵山楂树

移栽到庙里

火红的山楂果

一定会为清静

更添欢欣的色彩

小庙背倚市声

门对长河

落日和山楂互不见外

在饭香飘荡之际

都已将本经念至熟热

宴歌

偶忆

日影自交错的枝柯间投入林地

恍惚是琥珀色的茶汤微微荡漾

一只斑鸠于草间寻觅

如一人负手散步，侧目凝睇

山楂正红

红似海底珊瑚和秋日的情思

莫让流水冷了这一席虚待已久的绿茵

松下无琴，虫吟亦可助酒

我来非我一人独来

你已来我心上

———————————

2022.10.3

宴

歌

问候

十年流水朝花夕拾

十年一夕花月缠枝

莲房已冷

残荷垂首问候水中雁影

云不知憔悴

云不知老之将至

送些云头如意纹给你

钉子进入木头

沉默是最深切的问候

2022.10.3

宴歌

重阳叹

小时候倒炉灰

母亲总教把没有烧透的煤核

一粒一粒捡回来

茄子紫，补衣裤

大雪至时菜缸里结了薄冰

那炉灰似还温热

还能用铁夹子扒拉到半黑不白的煤核

母亲啊菊花几度开落

你却再也不知冷热

夕阳明灭

一粒总也燃不尽的煤核

捡着秋天的空落和我满头的霜雪

2022.10.4

宴

歌

秋雨夜

千家静默

一人中夜起坐

冷雨踏枝

跌果落地

冷雨揭瓦

要啥没啥

你不知道你要去哪里

你不知道如何从梦里逃出

去到一个安稳的梦里

宴歌

亮灯的窗

是你我的伤口

一滴涌动的热泪

被黑暗包围

2022.10.5

一张老照片

父亲和母亲并排坐在前面

父亲中山装上衣口袋别着一支钢笔

母亲烫了发，右手自然地搭在左手上

我们姊妹四个笔挺地站在背后

穿着过年的新衣，背景是

晴空下的楼房，花木掩映

——照相馆布景就跟真的一样

四十多年前

他俩比现在的我们都还年轻

笑容灿烂

大姐知青进城已在铁路上班

二姐刚招工，我和弟弟还在念书

无忧无虑

宴歌

照相馆那座二层的小楼

位于西街十字路口西南角

百年前曾是凉州的青楼，铺着

厚厚的木地板，红漆斑驳

来照相的人不惯鞋声囊囊

都蹑手蹑脚

……

后来高楼大厦雨后春笋般崛起

那春花秋月的小楼

何时被新的建筑取代，不知其详

我只珍藏着在那儿幸福一刻的留影

可母亲只在发黄的照片里

她没能看到我孩子的孩子

年已四岁

2022.10.6

宴

歌

晨光

暖气开放前

多少树早早都黄了

周遭绿暗

苦水浸透一般

一只飞虫

趴上玻璃

朝我卧室内窥视

我叫不出它的名字

它细足高支

探针似的眼睛

一眨不眨地盯着我

像一个砝码细细掂量

另一个砝码

隔着双层玻璃

它仿佛怜悯本身

一抖翅膀

飞走了

2022.10.7

雕塑

你身体的曲线

是黄金海岸

你是海浪

哗变是自然的念头

涨潮时，脸颊酡红

眼睛像受孕的鱼儿

游出窗的边界

把尖叫的海鸥带入星空

你的心，是黎明的礁石

披着落潮

像微笑的你披着湿发

站在旭日面前

宴歌

站在

一首过去和未来的诗里

2022.10.7

雁唳

十月的清晨

一队大雁变换着阵势

飞渡关河

关河，关河

别来无恙

两岸的窗是数不清的网格

昨夜梦里多少人被鼠撵猫赶

无由入地，无从上天

深秋一队雁

热血蘸霜

在虚空书写愿望

宴歌

雁字当头

天下无忧

朔风吹襟

一人独立极目

雁南飞，泪尽潇湘不飞回

2022.10.15

伤口

闪电是天空的伤口

雨是点点滴滴的倾诉

洗净树叶、屋顶

猫的碗碟，亮晶晶

峡谷是大地的伤口

鸟鸣和流出的云水

是释怀的音乐

绝壁倒生的松树

手臂，依依挥别

贝壳是大海的伤口

闭口不谈过去的一切

星入浪回

惊喜一瞬海立山奔

劈碎了邮轮

你是我的伤口

每天你的眼睛

在我的眼睛里自然睁开

就像阳光照进房间

天空的蔚蓝

在我无法忘记疼痛的灵魂里

醒来：我爱你

2022.10.16

地球的孤独

地球无依无靠

在茫茫太空里飘零

如向路人借火

地球向太阳借光

光芒何曾普照四方

地球少一半晴

多一半阴

就像有一个富人挥金如土

一百个穷人埋头低泣

地球的泪水

岂能感动水星火星

还有冥王星

它们

和更多的星球

就像蚂蚁缓慢爬向宇宙的黑洞

和地球貌合神离

或如出一辙

背负孤独

地球在太空飘零

向彗星借一把扫帚

扫扫流星雨

就像默默打扫孤儿院里的落叶

2022.10.16

霜降：山楂树

一个盗火者

从山楂树脱身而去

不知所踪

仅剩几颗果实

举着受潮的火柴头

在枝条的街道上

窥觎霜降

霜带着银冠

披着灰色大氅

不咳嗽

也很威严

霜

宴歌

站在

霜的庑顶上

空心的云

一朵接着一朵

像被判无期徒刑的人排成队伍

前去购买生日蜡烛

山楂树

只好用潮湿的火柴头

自焚

从膝盖的补丁烧起

2022.10.23

相似性

针尖明亮

缝纫机连续不断的走线声中

有蝴蝶，自母亲手下翩翩飞出

俯身在缝纫机上

仿佛踩着一台脚踏风琴

双手在黑白琴键上弹奏

多么相似的一刻

春天的二重唱

由母亲用沉默的背影完成教学

缝纫机已成舍不得放弃的收藏

机头上留有母亲的手温

沉寂的只是时间，母亲啊

宴歌

你还在上一堂音乐课

蝴蝶每年还在故乡飞来飞去

唤醒花草的清香

和豆荚里阳光的笑声

2022.10.23

香山

火势连着山势

红叶把火烧入了云中

云出云中　牌出手中

马喝到护城河的水

青铜的脸　披着霜鬓

寄意寒星

香山坐在一堆火上

一堆香艳

慢慢　焐热了石头

石头不敢丢掉身份

匈奴丢尽名字血脉

辎重

宴歌

黄瓜切丝

大蒜剥衣

炸酱香气　在五环内外奔驰

炸酱面　出大汗

你喜他喜

自喜　不能吆喝

最要把持

2022.10.24

秋日幻景

秋色如猛虎拦路

街道呈现一部默片里的肃静

偶尔有一辆公交车驶过　空荡荡

没有一个乘客　甚至连司机

都不存在

此刻

如果出现一个沉思的背影

寂静的中心便由此形成

每一片不甘坠落的叶子上

似乎都站着一个泪人

豆芽的光芒岂能从白露中诞生

————————

2022.10.30

宴

歌

浩歌

网络是一扇一扇窗

和窗里一双一双的眼

一双一双眼

是一口一口井

一口一口深井

绝望没有回音

如星球阒寂

是一粒一粒的萤火

一孔一孔网络

宇宙之网

是一只飞虫羽翅上神秘的花纹

一只飞虫

在一块玻璃上敛翅

在未知的注视下

立正，稍息

2022.10.31

入冬

河上飞旋的短嘴鸥

黎明拍出的电报

找不到投送的地址

秋已远逝　山河无尽

霜染的树木

略尽画家调色板

草木的天下

哪有一座城市

热气腾腾　市声鼎沸

人行道上

一辆蓝色自行车

宴歌

Y A N G E

像一个被秋天遗弃的孤儿

站在落叶中 茫然无助

爬山虎引蔓牵枝

从对面公园的栅栏疯狂爬出

拼出周身热血 叫卖着

露凝红冰

新鲜的泪水

2022.11.6

斑鸠之歌

一只斑鸠

在落叶堆积的公园来回溜达

珍珠似的项链

让它看起来像一个隔世情人

丢了的魂儿

犹在等待着一场秘密的约会

左顾右盼

偶尔发出连续的啼唤

有一种纵火的冲动

几乎要点燃寒云

像钱包里的钱越掏越少

秋天过去

宴歌

Y
A
N
G
E

银杏树都快把自己的命挥霍光了

裸体的冬天　陪着北风说话

而爱是用来吝惜的　今生不够

吝惜来世

落木凄凄　斑鸠楚楚

蝶恋花

以往共醉时

事物无不美好

如花，如蝶

在阳光里相逢

倾心时刻

国库黄金也失去重量

蝶衣花魂当空起舞

交换生命的密码

临水荡漾倒峰

过桥招惹白云

那改变了情天的仙侣

朝聚暮散

留下清香，犹如

宴

歌

人留下念想

暮雪白头

还回首怅望恩爱过的岁月

2022.11.26

三年了

风雨凄凉几度

落红坠云成泥

三年了

青峰苍头

茫茫云水埋下多少辛酸

柳枝儿青了的时候

梨花白，桃花红

曾经携手的地方

鱼儿探头

燕子频飞，燕子年年还会归来

燕子的眼睛是最小最深的乡井

把孤心淹没

宴歌

Y
A
N
G
E

三年了，长分离

都无语

2022.12.3

落日下

城郊交叉的铁轨间

几茎枯草瑟瑟而立

晚点的列车，似乎

与那些自建楼房的阴影达成一种永久契约

一群群麻雀飞过

如同波动的浊水泼向落日

原野生锈。岂止是东汉铜车马的阵仗

妄图在暮霭里复活一个帝国的辉煌

野狼长嚎的声音长驱直入，僭越炊烟

人类梦想的屋顶

和边疆一场暴风雪不谋而合

落日下羊牛，嘴巴尽是怒放的雪莲

2022.12.3

凉州雪四阕

——赠万岳

熏醋和曲酒烫滚的黄昏

风雪入东门

鼓楼上檐马叮当如儿童欢畅

唯大云寺钟肃默庄重

白雪装饰的屋顶

轻舻万艘泊在夜的港湾

灯火悠悠　我心悠悠

买早点的人总比清早还早

风雪出西门

野葱花的炝香勾着

臊面的沁芳热窜街道

西郊有鹿　白杨立雪

冒雪出操的学生队伍里有不甘掉队的女生

翠巾飘飘　雪花飘飘

宴

歌

老僧说经　立不化之舌为千年宝塔

风雪弥北门

关门见门

僧人求法如雪花舍身入海

海藏寺寺藏宝卷如拥千树万树梨花

弹不去的青云在夫人台的琴弦上

琴心切切　我心切切

吹开梨花的北风掠地而过

风雪破南门

天梯悬冰　天梯不可登

佛在冰冷的石窟里燃灯扪虱

何以扪虱自责　何以自渡

大雪覆盖的垄亩中有我先人的坟茔

睡梦渺渺　我心渺渺

2022.12.4

冬日黄昏

欲雪的黄昏

城里行人稀少

几处蒸汽散入暮霭

灯火渐次亮起

寒枝失羽而栗

哪还有一家人围坐在餐桌旁

说着话，喝着青菜汤

炉子上水壶咕咕冒着热气

母亲头发依旧很黑

笑语轻柔

道路灰白似带鱼

隐身郊野

宴歌

Y A N G E

雪，在记忆里生发

春节站立门口

浑身雪花

睫毛挑着水珠

2022.12.11

星期天下午

一滩鸥鹭

鲜洁如幼儿园里的百合

享受着冬日下午的阳光

碧水声酣

停靠着三艘船舶的港口

不紧不慢吞吐周围建筑的阴影

像一个职场的男人在梦中

端起一杯拿铁咖啡，若有所思

赤裸的树木

和它们投在地上的影子

即兴谱写着光的可以触摸的韵律

——寒冬也有飞扬的灵魂，如此动人

如版画刻入骨头

宴歌

云鬓在风中飘过，小径留香

留下惆怅

阳光在黄草上变幻缤纷的色彩

阳光永远好奇，与热血有关

与衰老无关

河边不远处

有几个身影正在打羽毛球

生龙活虎，如我少年时代

2022.12.18

春山空

溪边梅花有信

如离人自风尘中归来

发上雪　脸上潮晕

映照门前溪水

溪水泠泠如琴弦

弦上道　花雪镜中朱颜凋

弦外情　恩怨水纹续断了

芳意入荒

如一位喜盘佛珠的画家

细描春山黛眉

山长水远

月亮

总是一只不安分的猫

251

宴歌

在春夜里蹿房越脊

眼中绿光

洒满荒僻的院落

春山空

空如心海浅似钵盂

持钵化缘人可是你

你来

度化苦厄

2022.12.25

骊歌

连昼舟车奔劳

烟囱青魂飘摇

浮云没有眼睛

市井渺如前尘

寒树寒水寒鸦

零落多少人家

灯火种豆

种下点点恩爱今在何处

钟鼓声里残年悄然遁去

有人穿墙

有人鼓掌　月明酒香

唤取美人　自光中

翩翩霓裳舞

———————————

2022.12.31

宴

歌

Y

A

N

G

E

卷四 漫歌

无雪歌

这个冬天

一直没下雪

就像出了东门

有女如云

但没有一袭白衣

白衣绿巾

心头飘忽

灰蒙蒙的早晨

冬小麦困在方格里

梦见

白衣绿巾

眉目清秀

宴歌

在幼儿园

教写方块字

四方四正

这个冬天

一直没下雪

就像东门往东

有女如荼

但没有一袭白衣

白衣茜纱

心头萦思

灰蒙蒙的黄昏

膝盖紧挨着拐杖

梦见

白衣茜纱

烈火漫卷荒草

一只狐狸

跳出落日

背走银子

和天下疾苦

———————————

2023.1.1

宴

歌

Y

A

N

G

E

葡萄架下

南有樛木，葛藟萦之。
——《周南·樛木》

一嘟噜一嘟噜的葡萄挂在

葡萄架下

下雨的日子

一阵风吹来

碧叶萋萋

水珠纷纷坠落

如一个年轻身影扯起袖口

擦一把额头的汗水

葡萄籽在每一粒圆熟的葡萄中

如胎儿闭着眼睛偷听

雨水滴沥

鸽子嘀嘀咕咕

麦草和泥土混合着炊烟的味道

渐渐飘散开来

宴歌

葡萄的枝蔓爬向廊檐

遮暗了南窗

东窗之下

一只独立的公鸡

大红肉冠像雨中火焰

不远处是饮牲口的石槽

粗粝而稳重

有说话的声音从大门外面传来

我祖母母亲和婶娘

从农田中收工回来了

她们似乎从来没有离开过这里

没有离开凉州塔尔湾一个久远的家族

母亲黑油油的辫子垂过双肩

而我们，众多姊妹

或才出生，或正在胎中

碧叶蓁蓁

葡萄枝蔓荡悠的触须

如嫩绿的时光

再次把福禄引向过去和未来

2023.1.1

宴

歌

绿衣

我心思古，实获我心

——《邶风·绿衣》

遥远的早晨

柳条儿粘着烟露

探问湖水

绿莹莹的湖

图书馆窗户

明净深邃

太阳

是每天的借书证

借来白云

半池风荷

和鸟儿好音

好音喈喈

宴歌

绿衣黄里

绿衣黄裳

一辆轻便自行车

沿湖而来

辐条交错

金芒灼灼

好音切切

青春有约

绿衣黄裳

马蹄湖畔

柳条儿染着朝霞

探访荷花

2022.1.7

雪雾

乡下的雪

雪雾清新得如冻梨的水

融入热肠

一只母羊

拴在庄户外的闲田里

两只羊羔围绕身边

和母亲

一同咀嚼着玉米的秸秆

那种进食和反刍的声响

干爽、迷醉

如同三弦没有杂质的谐音

穿透了清晨的阳光

四野积雪更加沉静

宴歌

松雪为障

祁连横断青海

坚守着清白

北面是累累坟茔

物是人非，在田畴

新雪的滋味始才渲染着新春的气氛

新人履迹一经蹈践雪地已如陈醋麦酒

2023.1.26

慈悲帖

一

朋友想在

"米粒大小的地方

修一座寺"

很好啊

从一粒米中

看到无垠星空的人

都能成佛

住定本心

人即是佛

佛即是米粒

宴

歌

二

寂寞使我充盈

如河水的声音

加深黄昏

星星那么青嫩

还如初见，怯生生

有多少往事

应当忘记

三

像寺庙僻静的角落里

一片不化的积雪

心有隐痛

如别离留下哀怨一瞥

清苦如杏仁

四

燃灯燃灯

这一个词

应由我亲手执掌

这一盏灯应由一场大雪点亮

让一苗火焰

跳起来

睁开第三只眼睛

在石室与我对视

雪落前村

梅花临水发了一枝

梅赠三分春色给趁早赶路的行者

——他从我梦里刚才出发

雪落后背

玉烟长迷祁连

鸠摩罗什犹在埋头译经

青丝青衫

野菜萋萋待人来剜

五

星星如豌豆

被剥在黑夜的海碗里

清水中拣豌豆

等于和自己相认

我爱我只有一颗心

一粒豌豆爱我

只有一双劳动的手

十个指头不多不少

2023.2.4　　立春日

注：「米粒大小的地方／修一座寺」为人邻诗句。

273

宴歌

Y

A

N

G

E

山水四屏

——赠明辉兼酬画家王小兵

画是春天写的

天气渐渐暖了

山石苔藓也有些许绿意

天地常会回心转意

后悔的事则休要提起

一生一次，时命如此

机遇之后或许仍有机遇

画是夏天写的

山里的日子是缓慢的

行至佳处，稳坐溪桥

赏涧水激越

可拍遍栏杆

为一只看不见的鸟儿击节叫好

画是秋天写的

墨淡霜浓山高水清

红树如烈烈火炬

盼望牧童驱犊猎马带禽

从一首唐诗里悠然归来

盼你蓦然惊心

从市尘中回首

一片黄叶从眼前斜过

飘坠青瓦

画是冬天写的

林木枯寒

疏林间雪花慢慢地飘落着

斧声丁丁

雪花落在新劈开的木柴的断面上

温暖的炊烟使结冰的山林

活色生香

人皆归得其所

心皆归得其安

———————————

2023.2.5

宴

歌

Y
A
N
G
E

暮雪

雪越下越密了

蒸汽散入雪雾

天色渐暗

宜烫酒

宜整杯盘

宜问人

"能饮一杯无"

宜问之人都很远

右军远在东晋

快雪时晴

他才写罢"羲之顿首"

提笔沉吟

林教头远在沧州

宴歌

在风雪山神庙独自吃着

一葫芦冷酒

朱贵在梁山泊道口开着酒店

飞雪茫茫

芦花荡中藏着接应小舟

潘金莲不宜问了

远在阳谷县城紫石街上

怀揣小鹿　等着叔叔

从县衙冒雪归来

妙玉也不宜问了

她在栊翠庵里

收集红梅上的新雪

煎茶自吃

……

雪越密

越密。密如一个人年轻时的秀发

一个人，只能在一个人的过去

如此妩媚

伸着头

望向窗外

对面染白的屋顶上

不知何时飞落一只喜鹊

轻轻跳跃着

2023.2.12

宴

歌

Y

A

N

G

E

雪松

路边疏林里

雪松静静站立

枝头积雪

新鲜蓬松

和乌鸦的叫声

仿佛两个世界的事物

乌鸦在叫

叫声破旧而空落

仿佛晚清失意书生

仍耿耿往事

不知何处安顿

宴歌

积雪纯净

如孩童的眼睛

带着雪松

走进傍晚

我知道

我经过雪松

和没有经过雪松

走进灯火香热的家门

是完全不一样的

乌鸦在空喊

雪，从黛枝上

簌簌落下

和梦想

暗暗进入她身体

2023.2.18

宴

歌

雨水

——梦老乡老师

獭祭鱼　鸿雁来

我梦见你穿过死亡和霜雪前来

你还爱喝茶　干净的黑衬衣

小泽征尔式的灰白的头发

目若寒星　端着微温的瓷杯

雨水绿　茶山新

陈茶都该换换了

活着时你劝诫自己

"小事淡远　剩下的大事

就在桌上

桌前一碗酒

哪管身后名"

宴歌

死去活来

一口河南话的导师

你除了在五更梦里

向我打听你家人的下落

和海河的春汛

你还会逼我

拣净诗里的废字如鱼目吗

鱼目岂能混珠

长留世上的文字都是情感的舍利

青魂唯有情牵梦绕

才能随着雨水转回春天

獭祭鱼　鸿雁来

你来我梦里

仿佛三十多年以前

兰山之下穷巷陋室

烧酒说诗粗茶论文

窗外雨水绵绵不断

雨声

像被时间耐心修改的韵律

————————

2023.2.14

宴歌

柳

柳色又到京华

丝丝系念

昆明湖水鸭头绿

香山半隐

淡烟里

前尘往事何处寻

青衿便鞋

当年曾携白云

桥过十七孔

访问竹外梨花

雨露鸦啼朱栏倒影

都是朋辈

麒麟待乘柳荫里

宴歌

Y A N G E

春去春来

柳绵含情未飘散

柔条依依才贪恋

人已老

羞折翠笛似旧时

吹灭斜阳

无语望西山

黛眉轻描春愁细

不似知音

怎知心苦

三十八年一梦

玉澜堂前

玉兰含苞待放

人已远

———————

2023.2.26

宴歌

明城墙遗址

若即若离

是几株古树

和荒草举旗的城墙

是乌有的角楼

和晓月斜挂的玉弓

弓

弯了又弯

白了将军须发

袁崇焕的血

和永定河水

孰热孰凉

一只老鸹的叫声

和皇帝覆面的乱发

宴歌

若即若离

一只老鸹越过

残垣断壁

飞往煤山

残垣断壁

无由追随脚下

呼啸的地铁

地铁如地下

分裂的闪电

蓝天下

早梅的花苞

怯立枝头

似好奇的眼

打量一段古城墙

和一个彷徨者

内心的浩茫

2023.3.4

宴

歌

黑河观星记

这么晚了

天下谁还没有睡呢

谁会跟我一样

久久伫望着北方的天庭

七颗星星

像海棠的花苞

在一片蓝色的叶子底下悄悄地开了

像你昔年看过的海棠

又悄悄开了

黑河流过

怎知我心里是怎么想的

怎知你有没有半夜口渴

在生活的别处

别处也有七星

可也没有别人

认识的海棠

晓风

雨雪从夜里下到天亮

还在下着

河边苍翠，有些树

就像有些人格外多情

树叶滴着水，就像

眼睛中的眼睛

谁曾动情，谁曾拦河买醉

如昨夜的灯影

餐菊食笋，高楼画堂起歌声

与你共度良宵的人今在何处

喧哗的水声

被凉飕飕的风吹成河面上恍惚的雾

内心被吹空撕碎的人呵，雾散时

一株带雨的白玉兰对你意味着什么

2023.4.4

湖畔树影高大

月亮似半块鸾凤纹的铜镜

在梧桐黑黝黝的树梢之上

湖水中游弋的几只白鹅

除了那阅尽沧桑与兴亡的月亮

我们根本不在它们眼里

温煦的春风里，我们的话语

如悬铃木的铃铛在枝头轻轻碰撞

风留在沙滩上的细痕，和白鹅

划出的扩张情爱的水纹有何区别

宴歌

远处，横跨湖面的大桥跨越千年古都的黑暗

以闪烁的霓虹标识着新的《清明上河图》里

我们此刻的脉搏和怦怦的心跳

2023.4.5

凉州南城楼下

南望祁连，匈奴的天地

皑皑积雪，被日月

翻译成青黛的松色和鹰的语言

鹰唳如号令

如穿透岩石的松根与闪电

在杂木河的上游分派支流

一对对巡逻春天的雪浪轻骑

从月夜，或清晨肃肃出发

雪拥青麦，浪入贤孝。

青麦地里埋着我祖先的骨殖

深情岂可言说，三春岂能报答

南城楼下，一把三弦仍在诉说着

《白鹦哥盗桃》的故事

宴

歌

倾听的杏花从黑铁的枝条中

纷纷跑了出来像放学的孩童

像时间又退回到了年少

祖母和母亲还在等我

回家吃饭

2023.4.9

注，凉州贤孝，又称凉州劝善书，是流传在凉州区城乡及毗邻的古浪、民勤和永昌等地的一种古老的说唱艺术。多以三弦伴奏，《白鹦哥盗桃》是凉州贤孝的传统保留节目，宣扬孝道。

宴

歌

Y

A

N

G

E

武都的早晨

微风吹拂着

一只白鹭在芳洲之上

细脚伶仃

踽踽而行

江流的声音

加深了河谷的寂静

一只白鹭

是那么茫然又那么鲜明

就像一个有过反省的人散步来到自身之外

两岸的棕榈

粗枝大叶的芭蕉野性的水桃花

刚刚睡醒的楼房以及梦想从渊底

宴歌

不断迫近的日出之声中提取沙金的长臂吊车

尽是初识

一只踱步的白鹭努力伸长脖颈

仿佛孤独本身

在新奇于广大和辽阔的同时

也让我认识到了欲望的狭隘和痛苦的根源

——白龙江上

一只振衣欲飞的白鹭

予我以超越水墨意境的至高的神谕

2023.4.16　武都至兰州道中

火焰的谅解备忘录

很奇怪，我梦见

一个因失意而长期失眠的人

出现在一座带有石榴树的庭院里

正在燃烧的篝火

明亮、炽热

没有阴影

仿佛发自心底的笑容

他的父亲

一边在篝火上烤着咝咝冒油的野猪肉

一边招呼我们一块儿来吃

我们好像是失散多年又重逢的兄弟

没有酒，但山中夜色如水一般温醇

让我们舒适又自在

宴歌

也许，他的父亲从死亡和虚无中归来

教会了他什么

让他不再阴恻不再怨恨算计

让为善良加冕的火焰温暖他的胸背和眼睛

让他在这样的图景中

乐而忘返

忘记内心的积雪

和埋藏的陷阱

2023.4.25

烟雨故人来

　　一个死去多年的书画家一袭青衫，容光素净，在街角和我握手后，被三五个白衣人劝说着拥向一辆汽车，他一边走一边回头喊："我知道，我已经腐烂，没有身体了，我现在要去换脑子。"醒来怅然，他因纠结人事而两度中风，瘫痪失语。

2023.4.25

宴

歌

青衣

西湖青，柳丝牵

似是又被牵回了过去

水袖掩面

她转过身去，悲悲切切

"无奈何，慧娘已是贾室妾

从此后，天高地远不相见"

一滴泪

从她眼角缓缓淌下

缓缓，一滴泪

扩大成了一个漩涡

淹没粉面钿钗

整个身心

宴歌

一个泪点或遗憾生成的漩涡

又是如何变成了潋滟西湖

无数闪烁的光斑

难以自已

飞红辞梅，风飘万点

青山塔影在碧波里荡漾

爱无穷，恨无穷

三生哪能诉尽

水袖甩向

魂魄青青

她在哪一处清圆的莲叶下面

抱紧了慧娘可怜的慧根

曲院风荷

一只蜻蜓，翩翩飞来

她又借哪一朵娉婷之荷

脱口赞叹——

美哉，少年!

2023.4.26

317

宴歌

YANGE

慧娘，即秦腔《再续红梅缘》中的李慧娘。《再续红梅缘》讲述的是裴瑞卿与李慧娘、卢昭容的传奇爱情故事，取材于明代万历年间周朝俊的传奇《红梅阁》。「无奈何，慧娘已是贾室妾＼从此后，天高地远不相见」，为剧中李慧娘的唱词。

桥下

黄昏时分

大桥下面的茶摊

已经没有几个客人了

桌椅摞起

几把收在一旁的遮阳伞

插入盛有砂石的铁皮桶里

像长矛的影子

不远处的广场上

矗立着霍去病跃马西征的雕像

芦苇沁绿

时光之新箭指向苍茫

而控弓之士久成腐土

宴歌

这是燕子们的时间

欢叫、掠食

在幽暗的渊面

反复做着超越极限的爱的游戏

路灯刚刚亮起

战栗的青光

把载重卡车通过时桥身的震动

传递给一颗遥远的孤星

孤星不是盉缨

是燕子的酒杯

2023.4.29

宁昌河谷的谈话

五月。山外杏花才开

山中草木犹黄

山头积雪岭上白云

但有远近不分亲疏

河谷里

涧水淙淙

穿行于乱石之中冰板之下

野桥数处在暖阳里静静等待

请跟我来吧，铁穆尔

带着你的乌兰和爱犬

从夏日塔拉草原赶来

来到这松林驻守的河谷

与我们共同度过美好的一天

宴歌

散放的高山细毛羊

染着花花绿绿的颜色

如同带着尧熬尔人的姓氏

远离牧户的棚舍

在山野里啃食黄金的草芽

一只受惊的母羊紧跑几步

在野桥旁侧，一边护着吃奶的羔子

一边朝我们回眸

而那惯于在悬崖峭壁俯瞰和沉思的岩羊未曾出现

有一只从雪山陡岭失足滚落的黑熊

在你惋惜的话语里闪过

大雪的日子总是艰难的日子

大雪染白了多少人的须发

大雪掩藏了多少憨憨的骨肉

你说，你已经拉了几卡车的松木

劈成烧柴，码放在夏日塔拉草原的家中

草原也如同此地，也如同九条岭上

七月八月花始盛开

你家中壁炉从秋天一直要烧到立夏

夏天，星星在草原深处集会亲如兄弟

夏天的夜里，壁炉里的火也要烧旺

朋友去了，有酥油奶茶

宰牛煮羊，九月十月，连蘑菇都肥了

你小小的爱犬，时而跑在我们前面

时而在你怀抱里，眨动着水墨的眼睛

听我们说说话话，往河谷深处走去

褐色的松果已经风干

落在松下，又轻又空如大千一梦

其中的籽实或被一阵风带走

或沉入泥土

仿佛语言

阳光的种子

2023.5.7

酒海

即使用犀牛角的舀子

也无法从四百多年前遗留下的酒海里

舀出前朝的花月和音尘

一张略带疲倦的脸映现酒海

譬如探入古寺的藤蔓萌生出一叶新芽

但真正令我沉醉的却只是我内心深深的寂寞

——五谷的情歌水火的悲欢尽在不言之中

我用秋月春风和走遍大地的艰辛

酿造和完成自己的历史

就像在人与神的边界

在贮藏这一酒海的秦岭南麓的盘山道中

宴歌

一条扭动着的蛇在行车前快速横渡

试图躲过雷电觊觎的手眼

回到密林那永远的乐园之中

2023.5.21

关山月下

鹿在惊恐奔逃　黑山岩壁之上

在背后紧紧追赶的

是饥饿的箭头　与坚硬的风声

擦出磷火　引燃沉沉戈壁

朵朵幽蓝的磷火

只识弯弓　野兽的眼睛

只识饮血的男人　和茹毛衣皮的女人

那在黑山以南雄关以西

列阵的输电塔和三叶树的林带于它们是何其陌生

在干燥的夏夜里　哪怕携带溶溶月色示以亲善

它们也始终若即若离　怯怯游荡于风光核电的边缘

——那输送光明的巨型阵图如欲望的瀚海

往往吉凶难卜黑暗莫测

宴歌

天翻地覆

饥即求食饱即弃余的狩猎时代毕竟一去不返

飞机替代萧萧马鸣

火箭替代秋风宝剑　蓄势待发　待鲸跃长空

吐出一朵硕大无朋妖艳无比的蘑菇

关城之上

谁是扼守残局的老卒

背倚冷月

独自叹嘘

饥即求食饱即弃余的狩猎时代果真一去不返了吗

2023.6.4

注：「饥即求食，饱即弃余，茹毛饮血，而衣皮革」出自班固《白虎通义》。

宴

歌

戈壁晨思

不要说一轮旭日正在跃跃欲试

在地平线上大炼钢铁

把成千上万吨钢水倾入

青涩的天空和哑默的大地

——焉知陈旧的比方不会冲昏头脑

不会造成新的大面积的伤害

让一列奔赴边疆的绿皮火车

跑得慢些　再慢些

玉门还远　低窝铺依稀还在梦中

柳园敦煌哈密吐鲁番

还是天边闪烁不定的星座

那时，我还没有遇见我

我还没有遇见你

九色鹿遇见过落水者劝说过国王

骆驼草和砾石云影在清风中交谈

红柳在缓慢地生长

柳编头盔和铝制饭盒还没有

和飞沙走石在塞外磨合

一万年不久，我们早晚

会在旅途中惊喜相会

或在某个荒凉的小站悄然错过

怀揣着青春梦想和各自的方向

2023.6.10

注：九色鹿，引自敦煌莫高窟二五七窟壁画故事。

宴歌

雷古山下

当我从雷古山下离开

当我从鹅嫚沟中走出

我也许就不会再回去

瀑布跳下悬崖

流水奔向山外

红色的石竹

白色的波斯菊

倚墙而立的柿子树

根须扎牢在石头缝里

你去山上玩耍

不要大声说话

冒犯亵渎神灵

顿时黑云白雨

道路尽失

你去山坡采撷

不要引起天怒

霹雳发作

冰雹砸向羊马

石裂花垮

燃起木香

柏烟缭绕

你要学会祈祷

与山水草木

与兄弟姐妹

好生相处

当我从雷古山下离开

当我从鹅嫚沟中走出

我也许就不会再回去

可我会时常回望

那云雾缭绕的山水

那神灵护佑的木寨羌村

月露和星辰

一层一层

为烟火熏染的屋檐镀银

———————————

2023.6.10

宴

歌

Y

A

N

G

E

东阿随想

曾经的东平府

误陷过九纹龙史进

英雄恋旧

旧时相识水性不定

岂能为我所用

曾经的阳谷县

郓哥不忿闹茶肆

坏了一对冤家好事

卖梨讨赏之辈

乖觉巧言

实难画影图形

呜呼东平

日月为齐鲁太守

可能守护荷花女儿?

呜呼阳谷

黄河似大虫动息

风从云随

可教天下无事?

紫石街上晨雾蒙蒙

豆浆炊饼冒着热气

推开的窗户里

有谁乌云高绾探出半截身子

远如从前

浑似今朝

唯仓颉与字　唯大地与粮食

如胶似漆

不绝恩义

回望：鱼山羡曹植

夜来细雨

山果落地的声音

如同鱼山梵呗里隐约可闻的木鱼

满山枸树龙鳞皴裂枝叶披纷

俨然肉体披挂袈裟和悲悯的雨水

鹊有食巢有寄

土无薄瘠心无卑湿

合欢有信

六月花开　花蕊细细如同夜半私语

如同洛神远涉河洛携这一场细雨悄然而至

教诗魂欢喜

宴歌

细雨蒙蒙的帘幕里

鱼山如鱼得水

如水里的灯

掌在苍茫手中

2023.6.17—2023.6.23

注，1. 东阿县境内有仓颉墓。2. 鱼山，位于山东聊城东阿县境内，存曹植墓。「鱼山羡曹植」，李商隐诗句。

宴

歌

Y A N G E

遗憾

我去过一些地方但那儿街道上

热气腾腾的生活似乎都与我毫无相干

傍晚时分

落日金红仿佛洞房的窗口

原野上的树木和房屋因而显得格外黝黑

暮色已经深入广阔的土地和千家万户

但我总是对异乡的静谧感到陌生无所适从

我认识过一些难忘的人

他们是那么友善那么有趣

有如古人目光透着热忱

我们本可以坐在一起好好喝上一杯

或成为形影不离的朋友

但这一生也许注定再也不能相见

宴歌

在异乡朦胧的晨光里

我见过一对黑天鹅立定于湖边浅水

用大红的嘴喙各自梳理着羽毛

静静欣赏绿酒荡漾的倒影

"甚矣吾衰矣"

有多少好书我已经不会深入阅读

无比向往的地方和人事

也只在心里偶尔想起

越来越淡

抵达遗忘

2023.6.20

注：『甚矣我衰矣』，出自《论语·述而》。

宴

歌

落日的追问

不要惊呼落日又大又圆

是一座无法用想象建造的幸福食堂

漠漠平野

绿树四合的村庄

哪还有痴心的牛郎沉浸于织女的歌声

"夜静犹闻人笑语

到底人间欢乐多"

村庄冷清

尽管绿树婆娑依依不舍

守望的老人渴望着最后的温情

奈何落日也怕空落

也会饥渴

像外出打工者满怀希望的背影

落日正在

日夜兼程赶往西天取经

西天佛祖

没有后代却为何享受十方供养

香火不断

注：『夜静犹闻人笑语，到底人间欢乐多』，出自黄梅戏《牛郎织女》。

351

宴

歌

Y

A

N

G

E

创作年表

刘凤展　编

1986 年

开始诗歌创作，用本名蔡强在《武威报》上发表处女作《铜奔马》。

1989 年

《秋叶》一诗获"西部未来作家文学大奖赛"一等奖。

1990 年

《飞天》第 7 期发表组诗《一船灯火》八首，署本名。

结识诗人李老乡，并和在兰州的诗人阳飏、人邻、娜夜开始交往。

1991 年

和老乡、阳飏、人邻、娜夜等人在兰州策划创办《敦煌诗报》，7 月出创刊号 1 期即停。

《飞天》第 5 期发表组诗《鹤啸》，署名江涵。

《星星诗刊》第 5 期发表《初霁》（外二首）。

1992 年

《星星诗刊》第 2 期发表诗歌《西行漫记》（二首）。

1993 年

《飞天》第 6 期发表组诗《青衣蚂蚱》。

《星星诗刊》第 11 期发表诗歌《马儿不回头》（外二首）。

1994 年

诗集《胭脂牛角》由敦煌文艺出版社出版，署名古马。

《金城》第 2—3 期合刊发表组诗《胭脂牛角》。

《诗刊》第 7 期发表诗歌《鸡鸣寺》。

《诗刊》第 11 期发表诗歌《烽火台》（外一首）。

1995 年

《星星诗刊》第 1 期发表诗歌《望梅止渴》（外二首）。

《星星诗刊》第 10 期发表诗歌《杂剧曲牌新填》（三首）。

1996 年

《金城》第 2 期发表组诗《胡风》。

《诗刊》第 3 期发表组诗《胭脂牛角》。

《星星诗刊》第 6 期发表组诗《阴历日记摘抄》。

获甘肃省第四次优秀文学作品奖。

1997 年

《星星诗刊》第 1 期发表组诗《胭脂牛角》。

《诗刊》第2期转载组诗《阴历日记摘抄》。

《诗林》第3期发表组诗《三朵乌云》（8首）。

《金城》第5期发表组诗《三朵乌云》。

《诗刊》第9期发表诗歌《焉支山》（2首）。

《飞天》第9期发表组诗《小陶罐：里外十朵花》。

《星星诗刊》第12期发表组诗《秋风以西》。

9月，到青海旅行，完成组诗《青海青》。

10月，和阳飏到武威腾格里沙漠边缘的邓马营湖体验生活。

11月，到北京参加《诗刊》社第十四届"青春诗会"。

和阳飏合作选编的《世纪末的花名册——中国90年代青年诗人短诗选》由敦煌文艺出版社出版。

作品入选当年出版的诗集《中国·星星诗刊四十年诗选》（重庆出版社）等。

1998 年

《诗刊》第2期发表诗歌《爱情青海湖》。

《诗刊》第3期发表组诗《寄自丝绸之路某个古代驿站的八封私信及其他》。

《星星诗刊》第6期发表随笔《戏作：一面之词——给参加北京1997年14届青春诗会的诗友们》。

《星星诗刊》第8期发表组诗《读＜水浒＞笔记及其他》。

《诗刊》第10期发表组诗《身体里的铁》。

3月，到银川探访西夏王陵，在此前后写作完成了《青海的草》《黄昏，听远处传来打铁的声音》等一批短诗。

9月，与阳飏等人结伴到西藏旅行，此次经历对以后的写作产生了持久的影响。随后写作完成《昼夜》《罗布林卡的落叶》《露宿草原》等一批短诗。

1999 年

1月4日，《重庆日报》副刊表诗歌《秘密的时辰》（外一首）。

《鸭绿江》第1期发表组诗《青海的草》。

《诗刊》第2期发表《古马的诗》（五首）。

《金城》第2期发表组诗《古马自选诗》。

《诗刊》第7期发表组诗《生命之霜》。

《诗刊》第8期发表随笔《他们与诗歌一起活着：兰州诗群随录》。

《星星诗刊》第5期发表组诗《行进中的黎明》。

《星星诗刊》第12期发表诗歌《记叙黑马河（外二首）》。

9月，写作完成长诗《光和影的剪辑：大地湾遗址》。

10月，与阳飏、孙江结伴西行，到敦煌、

安西、嘉峪关、肃南等地游历半月有余，随后写作完成《西行·有所思》《在烽火墩上眺望远方》《锁阳城》等一批短诗。作品选入当年出版的诗集：《1949—1999甘肃文学作品选萃·诗歌卷》（甘肃文化出版社）。

2000 年

千禧年《诗刊》第 1 期"每月新星"栏目发表《古马诗抄二十首》、古马《创作自述：用诗歌捍卫生命》及梅绍静的文章《向你推荐古马》，配发诗人肖像速写及小传，引起诗坛广泛关注。

《绿风》第 1 期发表《古马诗选》。

《都市生活》文学增刊第 1 期发表《古马近作》。

《诗刊》第 8 期（"青春诗会"二十周年纪念专号）重刊《柴》《我行其野》诗两首。

《星星诗刊》第 8 期发表组诗《补偿》。

《四行诗》（10 首）由董继平翻译成英文在《界限》网刊发表。

7 月，和诗人阿信、娜夜、鄢家发结伴到青海旅行。随后，完成《酷暑，在青藏高原徒步行走》《倒淌河小镇》等一批短诗。作品入选当年出版的诗集：《中国年度最佳诗歌·99》（漓江出版社）；《1999中国最佳诗歌》（辽宁人民出版社）。

2001 年

《朔方》第 1 期发表组诗《行进中的黎明》，附创作谈《未知数》。

《鸭绿江》第 1 期发表《古马诗选》，附创作谈《漏船载酒泛江湖》。

《飞天》第 1 期发表《古马的诗》。

《星星诗刊》第 2 期发表组诗《恢复》。

《人民文学》第 3 期发表组诗《有所思》。

《六盘山》第 3 期发表长诗《没有核心的雾》。

《星星诗刊》第 8 期发表组诗《写在西部的歌谣》。

《诗潮》第 9 期发表组诗《贺兰雪》。

《诗刊·下半月刊》第 10 期试刊号发表《有关〈南风：献给田野的鲜花〉之杂说》，附诗。

《诗刊》第 11 期发表组诗《命运的馈赠》。

是年，《诗歌与人·中国大陆中间代诗选》在广州出刊，收入古马的长短诗作十九首，配发马步升评论《用诗歌捍卫生命·对古马诗歌意义的解诂》。

作品入选当年出版的诗集：《2000 中国年度最佳诗歌》（漓江出版社）；《2000 中国最佳诗歌》（辽宁人民出版社）；《2000 中国诗歌精选》（长江文艺出版社）；《2000中国最佳抒情诗》（书海出版社）；《词语的盛宴》（经济日报出版社）；《情人花朵：人民文学新诗歌》（华文出版社）等。

2002 年

1 月，应邀参加中国作家协会和陕西省委宣传部组织的"中国诗人访问团"赴陕北采风，在陕北游历半月之久。

《江南》第 1 期发表组诗《香日德》。

《诗歌月刊》第 1 期发表诗歌《花园的墙》和《大雨》。

《延安文学》第 2 期发表组诗《陕北组曲》。

《鸭绿江》第 2 期发表组诗《流放落日》。

《诗歌月刊》第 4 期发表《古马的诗》（五首）。

《诗刊》第 5 期发表组诗《陕北组曲》。

《诗潮》第 6 期发表组诗《西夏诗章》。

《星星诗刊》第 7 期发表组诗《霜天雁唳》。

为《诗刊》第 7 期上半月刊撰写卷首语《不羁的灵魂》，评论托马斯·特朗斯特罗姆的诗歌《复调》。

《人民文学》第 9 期发表诗歌《倒淌河小镇》（外二首）。

《诗刊》第 11 期发表评论文章《把寂寞变成青稞或青稞酒的诗人》。

《诗歌月刊》第 12 期转载组诗《西夏诗章》。

作品入选当年出版的诗集：《2001 中国最佳诗歌》（辽宁人民出版社）；《2001 中国诗歌精选》（长江文艺出版社）等。

2003 年

《星星诗刊》第 1 期发表《古马日记选》，马步升评论文章《古马是匹什么马》，人邻评论文章《诗人古马，世界黝黑小径上的行者》。

《诗刊》第 1 期上半月刊头条发表《古马的诗·破冰》（外八首）。

《绿风》第 3 期发表《古马的诗》（二首），附阳飏诗歌评论《抱膝看诗——甘肃九诗人谈》。

《中国诗人》第 3 期发表组诗《像一根刺》。

《诗选刊》第 6 期发表组诗《黄昏谣》。

《鸭绿江》第 8 期发表《等待一个人送来树苗》（外五首）。

《诗歌月刊》第 8 期发表燎原对古马诗歌的评论《追逐星光的羽毛》。

《诗刊》第 10 期发表组诗《紧抱一枚松果》。

《诗歌月刊》第 10 期发表《古马的诗》（六首）。

《诗选刊》"年代诗歌大展专号"发表《古马的诗》（七首）。

《星星诗刊》第 12 期"首席诗人"栏目发表组诗《诞生》，创作谈《光芒的诞生》及唐欣评论《西风古马》。

4 月，古马、张岩松、萧融主编的《十年灯：中国当代青年实力诗人 32 家》

由敦煌文艺出版社出版。

7月，诗集《西风古马》由敦煌文艺出版社出版。

12月，《古马诗抄二十首》获甘肃省委、省政府第四届"敦煌文艺奖二等奖"。

年内，《诗歌与人·完整性写作》在广州出刊，收入古马诗歌二十一首。

作品入选当年出版的诗集：《2002 文学精品》（敦煌文艺出版社）；《2002 中国诗歌精选》（长江文艺出版社）等。

2004 年

《中国诗人》第 1 期"开卷诗人"栏目发表《古马诗十七首》及人邻的评论《沉静与锋利：读古马诗以及对诗歌的若干思考》。

《星星诗刊》第 3 期"甲申风暴·21 诗世纪中国诗歌大展"发表诗歌《你知道》。

《红岩》第 2 期发表《古马的诗》（十二首）。

《十月》第 3 期发表组诗《西宁组歌》。

《清明》第 4 期发表诗歌《你知道》（外一首）。

《诗刊》第 4 期发表组诗《比天空更深》。

《诗歌月刊》第 4 期发表《古马的诗》（三首）。

《都市》第 4 期发表组诗《水银的灯》。

《诗潮》第 5 期发表组诗《西凉谣辞》。

《诗刊》第 5 期发表诗歌评论《一束幽香的阳光》。

《人民文学》第 9 期发表组诗《西凉谣辞》（十四首）。

《诗歌月刊》第 11 期转载组诗《西凉谣辞》。

《星星诗刊》12 期发表诗学随笔《寂寞的写作》。

5月，回老家侍奉母病期间，写作完成《西凉谣辞》，诗中许多民俗的成分直接来源于和母亲的交谈。

8月，加入中国作家协会。

9月，和诗人梁积林到新疆游历，随后写作完成《幻象》等一批短诗。

是年，《古马的诗·破冰》获诗刊社 2003 年度优秀诗歌提名奖；《西凉谣辞》获"德意杯"首届"青春中国"人民文学诗歌奖；诗集《西风古马》获第六届北方八省一市文艺图书二等奖、甘肃省首届"黄河文学奖"一等奖。获首届"新诗界国际诗歌奖"提名。被《读者》杂志社和甘肃省文学院评选为甘肃省文学院荣誉作家。

作品入选当年出版的诗集：《2003 中国诗歌精选》（长江文艺出版社）；《2003 文学精品》（敦煌文艺出版社）；《2003 中国年度最佳诗歌》（漓江出版社）；《中间代诗全集》（海峡文艺出版社）；《2003 年诗歌》（山东画报出版社）；《2002—

2003 年中国诗年选》（花城出版社）；
《首届青年诗人华文奖获奖作品》（漓
江出版社）。

2005 年

《绿风》第 2 期刊登《古马的诗》（六
首）及随笔《河西杂记》、创作谈《未
知数》。

《飞天》第 2 期发表评论《收割的节
奏——读胡杨诗集＜敦煌＞》。

《扬子江》第 2 期发表《西凉谣辞》（长
诗）。

《诗探索》第 3 期发表评论《阳飏诗二
首赏析》。

《诗潮》第 5 期"诗人研究"栏目发表
组诗《翅膀与手风琴》、诗学随笔《瞬
间之门》以及于贵峰的文章《一块黑暗
的红糖——古马近期诗歌简评》。

《星星诗刊》第 7 期发表组诗《水和光》。

《诗刊》第 8 期发表组诗《光芒之犁》。

《朔方》第 9 期发表组诗《睡醒的月亮》。

《诗刊》第 10 期发表诗歌《秋日私语》，
附 2004 年创作的自我评价和 2005 年创
作想法。

《诗选刊》第 9 期发表耿占春对古马诗
歌《忘记》的推荐文章，附诗。

《诗刊》第 5 期发表诗歌评论《守望的
石栏杆》。

11 月，《诗歌与人·一个诗评家的诗人

档案》在广州出刊，收入古马长短诗作
若干首及燎原对古马的评论。

《古马的诗》（十四首）获《飞天》月
刊十年（1996—2005）文学奖。

作品入选当年出版的诗集：《2004 文
学精品》（敦煌文艺出版社）；《2004
中国年度诗歌》（漓江出版社）；《2004
中国诗歌精选》（长江文艺出版社）；
《一棵会开花的树·感动中学生的 100
首诗歌》（九州出版社）；《一千只膜
拜的蝴蝶：现代诗面面观》（汉语大词
典出版社）；《中国诗歌选》（海风出
版社）；《被遗忘的经典诗歌》（太白
文艺出版社）等。

2006 年

《名作欣赏》第 1 期发表沈奇的评论《执
意的找回——古马诗集＜西风古马＞
散论》，附《古马的诗》（七首）。

《扬子江诗刊》第 1 期发表诗学随笔《瞬
间之门》。

《红岩》第 1 期发表组诗《风吹来的落
叶》（十二首）。

《中西诗歌》第 2 期发表组诗《红灯照
墨》。

《湖南科技大学学报》（社会科学版）
第 1 期发表刘昕华的评论文章《西部歌
吟的个案解读——阳飏、古马、高尚诗
歌创作简论》。

《北大荒文学》第 5 期发表组诗《雨季》。

《诗刊》第 5 期发表《古马诗四首》。

《读书》第 5 期发表耿占春对古马诗歌的评论《从想象的共同体到个人的修辞学》。

《诗刊》第 6 期发表诗歌《生羊皮之歌》《山丹的天空下》《归宿》。

《星星诗刊》第 6 期发表组诗《薄暮杂句》。

《诗歌月刊》第 10、11 期发表《古马的诗》（四首）。

《星星诗刊》第 11 期刊出李少君在"天涯"网站主持发起的"古马诗歌虚拟研讨会"小辑，发表 14 首诗及程光炜、霍俊明、萧映、易彬、陈亚冰、胡弦、张绍明等评论家和网友的评论。

8 月，母亲去世。

9 月，接受朋友邀请到巴丹吉林沙漠旅行。随后完成长诗《巴丹吉林：酒杯或银子的烛台》。

10 月，应邀到苏州参加第五届中国青年作家评论家论坛，活动结束后，前往杭州，应朋友介绍到净寺小住数日，随后写作完成《净寺深秋的夜晚》《苏小小墓》等诗歌。

12 月，诗集《西风古马》获第五届敦煌文艺奖一等奖。

作品入选当年出版的诗集：《2005 中国年度诗歌》（漓江出版社）；《现代小诗 300 首》（山东文艺出版社）；《新世纪 5 年诗选》（时代文艺出版社）；《2005 中国诗歌年选》（花城出版社）；《第四届华文青年诗人奖获奖作品》（漓江出版社）；《大地向西》（新疆人民出版社）等。

2007 年

《人民文学》第 1 期发表《古马的诗》（包括长诗《巴丹吉林：酒杯或银子的烛台》和 9 首短诗），后获"茅台杯"2007 年度《人民文学》优秀诗歌奖。

《九龙》诗刊春季卷发表组诗《多余的泥巴》。

《绿风》第 1 期发表于贵锋评论《对古马近作〈古渡落日〉的阅读》。

《敦煌》第 1 期发表诗歌《马头琴》（外六首）。

《中西诗歌》第 4 期发表于贵锋评论《爱的诵经者古马》。

《星星诗刊》第 6 期发表组诗《阿弥陀佛》及《古马创作年表》。

《诗选刊》第 10 期发表诗歌《失眠》。

《星星诗刊》第 11 期所刊《古马的诗》（十四首）入选南京"2006 年诗歌排行榜·好诗榜"。

6 月 7 日，《文艺报》发表韩作荣对古马诗歌的评论《孤独的探求者》。

7 月，诗集《古马的诗》由甘肃人民美术出版社出版，韩作荣作序：《孤独的探求者》（该文在当年 6 月 7 日《文艺报》上发表）。

8月，应邀出席首届青海湖国际诗歌节，随后完成组诗《青海谣》。

11月28日，《兰州晨报·人物周刊》发表专访《古马：我的诗歌是我的心灵史》。

作品入选当年出版的诗集：《诗刊五十年诗选》（作家出版社）；《21世纪诗歌精选·第2辑》（长江文艺出版社）；《中国诗歌选：2004—2006》（海风出版社）；《四川诗歌地图——当代中国诗人笔下的四川》（四川美术出版社）等。

2008年

获第六届华语文学传媒大奖年度诗人提名。

获《诗选刊》"中国2008年度十佳诗人"奖。

《广西文学》第1期发表组诗《酿雪》。

《飞天》第2期发表组诗《江南诗抄》，配发王若冰评论《苍茫之境的意味——读〈古马的诗〉兼谈北方边地文化精神》。

《绿风》第2期发表《青海谣》（七首），获绿风·第一届名广杯诗歌大奖赛二等奖。

《星星诗刊》第2期发表人邻所作评传《诗人的秘密花园：关于古马》。

《朔方》第4期发表组诗《白纸》。

5月，汶川地震，创作长诗《青铜神树和废墟间的歌》，与诗人叶舟、高凯策划举办"诗慰亡灵、情系灾区"大型诗歌朗诵会。

《星星诗刊》第6期发表诗歌《国殇：在祖国深深的记忆中》，悼念5·12汶川大地震中的遇难同胞。

《星星诗刊》第6期发表随笔《我的饮食读书》。

《红岩》第6期发表组诗《位置》。

《星星诗刊》第7期发表组诗《草纸梦》，配发靳晓静评论《在雪与镜中的造影》。

《诗刊》第7期发表组诗《告别》。

《人民文学》第7期节选发表长诗《青铜神树和废墟间的歌》。

《诗刊》第9期（1978年—2008年《诗刊》优秀作品回顾展）刊出《青藏祝福》（二首）。

《诗选刊》第10期发表邵振国文章《古马诗歌印象》。

《文学界》（原创版）第10期推出《古马专辑》，发表组诗《苍松的影子》、于贵峰/古马对话录《美和爱我们生活的真正意义》、古马随笔《我的饮食读书》、沈奇评论《种玉为月的诗人：古马印象》以及梅邵静、燎原、沈苇、张玉玲等诗人评论家对古马诗歌的评论片段。

《广西文学》第11期全文发表长诗《青铜神树和废墟间的歌》。

《诗刊》第12期发表诗评《流沙断简》。

《诗潮》第12期发表组诗《旅途》。

作品入选当年出版的诗集有：《2007中国诗歌精选》（长江文艺出版社）；《2007中国诗歌年选》（花城出版社）；《国之殇：5.12汶川大地震诗抄》（山东画报出版社）；《经典情诗99首》（山东画报出版社）；《中国2007年度诗歌精选》（四川民族出版社）；《向生命致敬·四川抗震救灾新创诗歌选》（四川文艺出版社）；《有爱相伴：致2008汶川》（人民文学出版社)；《现代诗三百首笺注》(花城出版社)；《敦煌诗选》（中国文联出版社）；《风吹无疆：<绿风>十年精品选》（青海人民出版社）；《跨越：纪念中国改革开放三十年诗选：1978—2008》（作家出版社）；《守护家园：5·12大地震甘肃文学记忆》（敦煌文艺出版社）。

2009年

《星星诗刊》第1期发表诗学随笔《瞬间之门》。

《诗林》第1期推出《古马专稿》，发表诗八首及李建荣的诗歌评论《"前现代"的古马》。

《朔方》第2期发表组诗《白纸》。

《阅读与写作》第3期发表韩永恒的评论《西部诗坛跑来一匹"瘦马"：读古马的诗》。

《人民文学》第3期发表诗歌《换肩》。

《人民文学》增刊重刊长诗《巴丹吉林：酒杯和银子的烛台》。

《星星诗刊》第4期发表苗变丽对古马诗歌的评论《神灵与心灵》。

评论集《古马：种玉为月》由敦煌文艺出版社出版（黄礼孩主编）。

《飞天》第4期发表《古马的诗》（原作回放：《寄自丝绸之路某个古代驿站的八封私信及其他》，新作：《薄暮散曲》）。

《伊犁河》第6期发表组诗《毒与蜜》。

《星星诗刊》第7期"首席诗人"栏目发表组诗《渺渺兮予怀》，配发苗变丽的评论《望乡的回忆与现时性的知觉》。

《诗选刊》第10期选载诗歌《露宿草原》。

《诗歌月刊》第10期发表苗变丽文章《古马论》。

被《诗歌月刊》第11期重点推介，发表组诗《月如钩》，张玉玲评论《论西部诗人古马诗歌的虚无禅境之美》，配发封面人物照片。

诗集《红灯照墨》由敦煌文艺出版社出版。

诗集《古马的诗》（甘肃人民美术出版社）获第六届敦煌文艺奖二等奖。

作品入选当年出版的诗集有：《中国诗典1978-2008》(时代文艺出版社)；《2008中国诗歌年选》(花城出版社)；《最后净土的入口》（青海人民出版社）；《2008

中国年度诗歌》（漓江出版社）；《中国 2008 年度诗歌精选》（四川民族出版社）；《水中之月——中国现代禅诗精选》（上海文化出版社）；《人民文学奖历年获奖作品精选》（重庆大学出版社）；《1916—2008 经典新诗解读》（中国青年出版社）；《2008—2009 年中国最佳诗选》（太白文艺出版社）；《新中国六十年文学大系·诗歌精选》（长江文艺出版社）等。

2010 年

《中国诗歌》第 1 期发表诗歌《津渡》（外二首）。

《大河诗歌》第 1 期发表《古马谣曲集》。

《兰州文苑》第 1 期发表《古马谣曲集》。

《南方文坛》第 1 期发表陈仲义的评论文章《草根诗写的"纹理"与"年轮"——兼与李少君先生商榷》，论及古马诗歌。

《作家》第 4 期发表张玉玲评论《论古马诗歌的美学特征》。

《人民文学》第 6 期发表组诗《落日谣》。

《星星诗刊》第 7 期发表组诗《祈愿》，附《古马创作年表》。

《诗刊》第 7 期发表组诗《花押字》。

《诗刊》下半月刊第 5 期发表诗歌《乾陵诗》《山林》。

《诗刊》下半月刊第 11 期发表诗歌《盐碱地》《北海记》。

11 月，到深圳参加"诗脉永续——纪念伟大的爱国诗人陆游逝世 800 周年"专题活动，在研讨会上作了题为《致敬——持续和团结》的发言。

诗集《落日谣》由甘肃人民美术出版社出版。

作品入选当年出版的诗集有：《黄鹤楼诗会 2010：本草集》（长江文艺出版社）；《2009 中国诗歌精选》（长江文艺出版社）；《中国 2009 年度诗歌精选》（四川文艺出版社）；《十年诗选：2000—2010》（江苏文艺出版社）；《甘肃的诗》（敦煌文艺出版社）。

2011 年

《朔方》第 1 期发表组诗《落日谣》。

《西部》第 3 期发表诗歌《西凉月光小曲》。

《星星诗刊》第 3 期发表组诗《草图与颂歌》。

《中西诗歌》第 3 期发表《西凉季语》（十首）。

《星星诗刊》第 4 期"中国诗人肖像·20 世纪 60 年代出生的诗人"栏目选发古马肖像。

《飞天》第 5 期发表组诗《雪的祝福》。

《河西学院学报》第 6 期发表孙玉玲、王惠英的诗歌评论《从意象和语言看古马诗歌中的民间情怀》。

《扬子江诗刊》第6期发表《古马的诗》。

《诗选刊》第6期转载组诗《落日谣》。

《飞天》第8期发表张春歌、张玉玲的评论《民歌对古马诗歌的影响》。

《广西文学》第10期发表组诗《最后的景象》（外五首）。

《诗潮》第11期发表组诗《飞绵》。

获第九届华语文学传媒大奖"2010年度诗人"提名。

作品入选当年出版的诗集有：《大诗歌》（中国青年出版社）；《2010年中国诗歌精选》（长江文艺出版社）；《新世纪中国诗典》（群众出版社）；《中国2010年度诗歌精选》（四川文艺出版社）；《我与光一起生活：中外现代诗结构·意象》（上海文艺出版社）等。

2012年

《星星诗刊》第1期发表组诗《屏风·麝香》。

《中国诗歌》第2期发表诗歌《忘记》《失眠》。

《诗刊》第3期发表诗歌《贺兰岩画》（外一首）。

《新诗》第3期《古马的诗》（三首）并附有诗人小传。

《中西诗歌》第3期发表《倾诉》（六首）。

《飞天》第3期发表组诗《山谷中的灯火》，苗变丽评论《如歌的行板纯粹的力量：关于古马诗谣的语音语义学研究》。

《花城》第4期发表组诗《旅夜》。

《扬子江评论》第5期发表李章斌评论《西部诗歌如何成为可能：由古马想及昌耀》。

《星星诗刊》第6期发表组诗《火车：春潮之信》。

《太湖》第6期发表组诗《西凉季语》。

《飞天》第7期发表组诗《花鸟草木篇》。

《朔方》第7期发表随笔《千秋绘事梦魂间》。

《星星诗刊》第8期发表诗三首。

《青年文学》第9期重刊诗歌《等待一个人送来树苗》。

《视野》第11期发表诗歌《群山上的雪》。

《星星诗刊》第11期发表霍俊明评论《在雪乡中淘洗的沉暗与光芒：读＜古马的诗＞》。

《人民文学》第12期发表诗歌《钟鼓楼》（外二首）。

《西部》第9期选发诗歌《旅夜》。

《诗刊》第22期发表诗学随笔《瞬间之门》。

9月至10月，创作完成长诗《大河源》。

《诗刊》第24期选发诗歌《冬旅》。

是年，和娜夜、高凯、梁积林、第广龙、离离、马萧萧、胡杨当选为首届"甘肃诗歌八骏"。

12月底赴上海、杭州参加由甘肃省委宣

传部、省文联和两地相关部门联合举办的文学学术论坛。

《不尽长江滚滚来》获中国作家协会"长江颂"全国诗歌大奖赛三等奖。

获"甘肃省第二届中青年德艺双馨文艺工作者"称号（甘肃省委组织部、宣传部、省文联联合授予）。

作品入选当年出版的诗集有：《中国2011年度诗歌精选》（四川文艺出版社）；《三沙抒怀》（南方出版社）；《2011年中国诗歌精选》（长江文艺出版社）等。

2013年

《钟山》第1期发表组诗《记忆的灰烬》（十一首）。

《诗江南》第1期发表长短诗歌二首（《西凉季语》《再见，上海》）。

《飞天》第1期发表随笔《克利的风景》。

《朔方》第2期发表组诗《青海谣》。

《燕赵诗刊》第2期重刊《青海的草》《忘记》。

《中国诗歌》第2期发表诗歌《杜甫草堂》（外一首）。

《星星诗刊》第2期发表组诗《瑞雪图》《星星诗刊》第6期发表组诗《寂寞的版图》。

《新文学评论》第2期发表张玉玲、张春歌诗歌评论《论中国当代西部诗潮中的民歌特色——以甘肃诗人叶舟、古马、高凯的乡土诗为例》。

《燕赵诗刊》第3期重刊《倒淌河小镇》。

《诗刊》第3期发表组诗《曲终人散》。

《诗刊》第7期发表长诗《大河源》（节选十首）。

《诗建设》第9期全文发表长诗《大河源》。

《读诗》第三卷全文发表长诗《大河源》。

《诗刊》第12期下半月刊选载诗歌《蜘蛛》。

《上海文学》第4期发表诗歌《雪的余音》（二首）。

《星星诗刊》第12期发表张德明评论《古马与甘肃》。

作品入选当年出版的诗集有：《中国当代诗歌选本》（中国文联出版社）；《敦煌的诗》（甘肃人民美术出版社）；《2012年中国诗歌年选》（花城出版社）；《有个地方你从未去过》（青海人民出版社）；金葵花焚烧的土地：新乡土诗诗选》（漓江出版社）；《镜中之花：中外现代禅诗精选》（上海文艺出版社）；《2012年中国诗歌精选》（长江文艺出版社）；《大美什邡：当代著名诗人行吟录》（四川美术出版社）；《中国当代诗人情诗集萃》（中国文联出版社）；《生于60年代——中国当代诗人诗选》（长江文艺出版社）；《诗竹长宁》（四川美术

出版社）；《中国·大风十年诗选》（青海人民出版社）等。

2014 年

《中国诗歌》第1期发表诗歌《寒禽戏》（外二首）。

《读诗》第1期发表《古马的诗》（十五首）。

《朔方》第1期发表组诗《三枚松果和盐场堡的小谣曲》（十三首）。

《时代文学》第2期发表《古马的诗》（五首）。

《扬子江诗刊》第4期发表《古马的诗》（六首）。

《人民文学》第6期发表诗歌《蝙蝠飞》（外二首）。

《西部》第7期"西部头题·西部中国诗歌联展"展出《古马的诗》（十六首）。

《诗潮》第8期重刊《倒淌河小镇》。

《诗刊》第11期发表诗歌《天堂小镇》（五首），第24期发表诗歌《雪夜》。

3月，参加第八届天问诗歌艺术节，随后完成《大理的一个下午》《云南颂》《洱海》等一批短诗。

7月，到鄂尔多斯参加民政部召开的工作会议，随后创作完成长诗《鄂尔多斯：飞行的湖》。

诗集《古马的诗》由甘肃文化出版社出版。组诗《落日谣》获"紫色梦想杯"首届《朔方》(2011—2013)文学奖，8月到银川出席颁奖典礼。

作品入选当年出版的诗集有：《2013年中国诗歌精选》（长江文艺出版社）；《"青春诗会"三十年诗选》（作家出版社）；《江津：中国当代诗人诗意镜像》（重庆出版社）；《读诗·虚幻的扇面》（长江文艺出版社）等。

2015 年

《朔方》第1期发表组诗《朔方的一个早晨》（三首短诗一首长诗）。

《诗潮》第3期发表组诗《朔方的一个早晨》（十首）（《净月》《雪的滋味》《伊拉克蜜枣》《养蚕》《瓦釜》《白色念珠》《核桃记》等）。

《诗刊》第3期发表组诗《飞行的湖》（长诗《鄂尔多斯：飞行的湖》、短诗《水墨：薄暮》《尊者》《扫雪》《雪的滋味》及随笔《瞬间之门》）。

《诗书画》第4期发表《重建诗歌与日常生活和自然的精神联系——古马访谈》（于贵峰／古马）。

《中国诗歌》第5期发表诗歌《飞行的湖》。

《大理文化》第6期发表诗歌《洱海》。

《四川文学》第7期发表诗歌《西凉雪》（三首）。

《诗选刊》第8期发表组诗《眉毛上的雪》。

《星星诗刊》第9期发表组诗《在兰州》。

《星星诗刊》第10期发表小长诗《盐场

堡小谣曲》。

《诗选刊》第 11 期转发组诗《朔方的
一个早晨》。

入选第二届"甘肃诗歌八骏"。

诗集《古马的诗》（2014 年版）获中
国优秀诗集奖。

作品入选当年出版的诗集有：《2014
年中国诗歌精选》（长江文艺出版社）；
《2014 年中国新诗排行榜》（线装书
局）；《中国好诗歌·最美的白话诗》
（现代出版社）；《来相爱吧，为了这
迷死人的爱情》（江苏文艺出版社）；
《见字如晤：当代诗人手稿》（暨南大
学出版社）；《2016 年天天诗历》（中
国青年出版社）；《当代新现实主义诗
歌年选·2014 卷》（长江文艺出版社）等。

2016 年

《诗刊》第 1 期发表组诗《丝路取经记》
（《反弹琵琶：敦煌幻境》《雁阵》《再
过马牙雪山》）。

《诗江南》第 1 期发表《古马的江南》。

《六盘山》第 1 期发表组诗《丝路谣曲》。

《西部》第 1 期选刊诗歌《西凉月光小
曲》。

《中国诗歌》第 4 期"名家档案"栏目
选刊古马的代表作二十五首，附古马小
传及王金玲诗歌评论《穿越时空的古道
西风——论古马诗歌的时空特色》。

《长江文艺》第 4 期发表组诗《告别》。

《星星诗刊》第 5 期发表盛敏文章《词
语琥珀与格局宏大的熔铸诗篇——评诗
人古马的长诗 < 大河源 >》。

《黄河》第 6 期发表组诗《天空的手》。

《人民文学》第 11 期发表诗歌《河西
长歌》（九首）。

《诗刊》第 11 期发表组诗《朔方的一
个早晨》（十首）。

《诗刊》第 18 期发表诗歌《义乌拾句》。

2017 年

《民族文学》第 1 期用藏族、蒙古族、
哈萨克族、维吾尔族、朝鲜族，五种民
族语言翻译古马诗歌作品《青海的草》
等五首。

《扬子江诗刊》第 2 期发表组诗《敦煌
雪》（七首）。

杨庆祥诗歌评论《似乎都有余力再造一
个世界——雷平阳、陈先发、李少君、
潘维、古马五人诗歌论》，在《新文学
评论》第 2 期、《南方文坛》第 2 期等
多家刊物发表。

《金城》第 5 期发表《蜉蝣造句》（二十
五首）。

《诗刊》第 3 期发表组诗《道外区》。

《读与写》（教育教学刊）第 10 期发
表朱立评论《论西部诗歌语言的古朴平
实——以牛庆国、古马、梅绍静的作品

为例》。

《重庆文学》第11期发表《曼德拉密咒》（十九首）。

《人民文学》第12期发表诗歌《小谣曲》《需要》。

《诗刊》第24期选载诗歌《拔火罐》。

10月，应邀到阿拉善右旗进行诗歌采风活动，随后创作完成《转场》《双峰驼》《巴丹吉林镇》《曼德拉山密咒》等一大批作品，创作风格发生明显变化。

获第五届扬子江诗学奖·诗歌奖。

作品入选当年出版的诗集有：《回望高原》（陕西师范大学出版社总社）；《五人诗选》（华东师范大学出版社）等。

2018 年

《飞天》第1期发表诗歌《星月菩提》（外一首）。

《星星诗刊》第1期发表叶淑媛评论《"八骏"的奔腾与突破》，认为"古马已经树立起了自己的诗的美学秩序，他的诗有鲜明的风格，是无法湮灭的散发光芒的存在。"

《扬子江诗刊》第4期发表《麋鹿的眼睛》（七首）。

《江南诗》第4期发表《麋鹿的眼睛》（十一首）。

《芳草》第5期发表《落日谣》（十二首）。

《绿风》第5期发表白晓霞评论《古马诗集＜大河源＞阅读札记》。

《诗探索》第7期"中生代诗人研究"栏目发表苗霞的诗歌评论《语言修辞与古典性的诞生——古马诗歌语意辨析》，陈仲义的诗歌评论《生猛民谣，孕育"新诗经"——读古马＜生羊皮之歌＞》，白晓霞的诗歌评论《有缘的人，有根的草——古马诗歌＜青海的草＞赏析》，古马随笔《思无邪》。

《鸭绿江》第11期发表组诗《苦音》（十首）。

10月，接受了腰椎手术，在卧床养病期间，仍坚持创作。

诗集《大河源》由敦煌文艺出版社出版。

获第三届"李杜诗歌奖"银奖。

作品入选当年出版的诗集有：《2007—2017中国新诗版图》（成都时代出版社）；《诗意曼德拉》（内蒙古人民出版社）；《有声诗歌三百首》（华中师范大学出版社）；《诗光璀璨：中国当代著名诗人诗作手抄典藏》（安徽文艺出版社）等。

2019 年

《扬子江诗刊》第1期发表组诗《双峰驼》。

《诗刊》第1期发表组诗《凉州相会》。

《诗刊》第2期发表燎原诗歌评论《从敦煌落日到扎尕那的月亮》，简论古马、阿信、娜夜、人邻、阳飏五诗人。

《飞天》第2期发表唐翰存评论《历时、

共时以及诗歌的现实性——读古马诗集
< 大河源 >》。

《草堂》第 4 期发表组诗《枝柯迎接遥远的星星诗刊》。

《星星诗刊》第 4 期发表诗歌《武威下雪啦》（四首）。

《绿风》第 3 期"头条诗人"栏目发表组诗《朔方：苍穹雁鸣》、随笔《魅惑》及创作谈《关于西部诗歌的一份提纲》。

《诗歌月刊》第 5 期发表何言宏诗歌评论《读诗五札》，何言宏认为"返古开新，是我们这个时代的风尚。古马的谣辞，避开了那些似嫌泛滥的文人趣味，心怀深忧，且歌且谣，在遥远的西部，为我们开辟出了一个新的空间"。

《诗歌月刊》第 10 期发表组诗《原形》。

《诗刊》第 24 期发表诗歌《转场》。

10 月，出席在北京召开的全国诗歌座谈会，《诗中有人》收入《全国诗歌座谈会会议论文集》（作家出版社）。

作品入选当年出版的诗集有：《2018 中国诗歌年选》（花城出版社）；《新时代诗歌百人读本》（长江文艺出版社）；《双年诗经》（四川人民出版社）；《作家眼中的天堂镇》（敦煌文艺出版社）；《扎尔那草图》（人民文学出版社）；《新中国 70 年优秀文学作品文库·诗歌选》（中国言实出版社）等。

2020 年

《诗潮》第 1 期发表组诗《昆仑摩崖之韵》（十一首）。

《江南（江南诗）》第 1 期发表诗歌《爱的惯性》（九首）。

《六盘山》第 1 期发表《武威：雪的札记》。

《飞天》第 2 期发表于贵峰随笔《真实，温暖而苍凉——阳飏、人邻、娜夜、阿信、古马的事与诗》。

《诗刊》第 3 期发表组诗《喜雪》。

《飞天》第 6 期发表组诗《山水册页》。

《十月》第 6 期发表组诗《闪电的雕塑》（十首）。

《星星诗刊》第 6 期发表组诗《绿马》，创作谈《绿马是诗人的坐骑》。

《诗刊》第 20 期发表诗歌《谣曲：蒙古马》。

《诗刊》第 24 期发表诗歌《清晨，一只花喜鹊》。

《星河》2022 年秋冬合卷发表组诗《古马的诗》，配发郑成雨诗歌评论《神秘的白马跃出辽阔的审美境界》。

《黄河》增刊诗歌专号发表《薄冰下的妙音》（十一首）。

获第三届"草堂诗歌奖"年度实力诗人奖。

古马当选为甘肃省作家协会副主席。

作品选入当年出版的诗集有：《中国2019 年度诗歌精选》（四川文艺出版

社）；《中国当代文学选本》（中国言实出版社）；《汉诗三百首·2019年卷》（北岳文艺出版社）；《2000年度网络诗选》（人民文学出版社）；《读诗汉字戒指》（长江文艺出版社）等。

2021年

《诗刊》第1期发表组诗《如约》。

《周口师范学院学报》第1期发表韩颖莉评论《试论古马诗歌的生命意识》。

《草堂》第2期"头条诗人"栏目发表组诗《雪的札记》、随笔《人以情传世》以及张立群评论《有多少飘落就有多少惊喜——读古马的组诗＜雪的札记＞》。

7月，诗集《晚钟里的青铜》由甘肃文化出版社出版。

《飞天》第11期发表系列诗歌《秋来》。

《青海湖》第12期表系列诗歌《秋来》（外一首）。

《诗刊》第24期选载诗歌《凉州月》。

2021年7月3日"大地行走与诗意追寻——阳飏、人邻、娜夜、阿信、古马诗歌研讨会"在西北师范大学举行。

2021年12月古马以组诗《喜雪》荣获"《诗刊》2020陈子昂年度诗人奖"。

12月30日起应邀入驻甘肃奔流新闻全域性新媒体平台"奔流号"，定期发表诗文。

作品入选当年出版的诗集有《中国2021年度诗歌精选》《2021年中国诗歌精选》等。

2022年

《诗选刊》第2期发表诗歌《乌鸦和雪山》。

《扬子江诗刊》第3期开卷发表组诗《凫鸭》，配发刘晋汝评论《于风雨中叹嘘，于叹嘘种得救——读古马的新诗》。

《诗选刊》第4期选登诗歌《凉州月》。

《大河诗歌》夏刊发表组诗《陇南诗抄》

《广州文艺》第7期发表诗《友人来信》。

《诗刊》第7期卷首"读诗"栏目发表张定浩对古马诗歌《凉州月》的赏析文章《苦杏仁一般的宽慰》。

《诗潮》第9期发表组诗《晚钟里的青铜》。

《草堂》9期发表组诗《春水生》。

《雨花》第11期头条发表组诗《三叶草》。

《广西文学》第11期头条发表组诗《穿越》。

《飞天》第11期重刊组诗《兰州：晚钟里的青铜》。

《西部文艺研究》第1期创刊号发表刘晋汝评论《人生一世间，忽若暮春草——论古马大河源的创作》。

《敦煌》二十周年纪念专号发表《骊歌》十二首，配发张欣评论《幽冥·炽热·澄澈：古马诗歌色彩审美的三重维度》。

诗集《飞行的湖》由长江文艺出版社出版。

12月14日出席中国作家协会第十次全国代表大会。

12月24日红星新闻推出专访：十问《诗刊》

2020 年陈子昂诗歌奖"年度诗人"古马。作品入选当年出版的诗集有：《新诗选》（上海文艺出版社）；《2022 年中国诗歌精选》（中国作协创研部）等。

2023 年

《诗刊》第 1 期发表组诗《嘉峪关下》（4 首）。

《西部》第 2 期发表组诗《双鹤》。

《星星诗刊》第 2 期"文本内外"栏目发表组诗《宴歌》、创作谈《从宴歌谈起》。

《作品》第 3 期发表《古马的诗》（八首）。

《星星·散文诗》第 5 期发表《明月楼》（二章）。

《诗词》第 7 期发表《慈悲贴》。

《草堂》第 9 期发表组诗《相似性》，创作谈《诗中有人》。

《诗江南》第 4 期发表组诗《浩歌》，《诗刊》第 21 期发表组诗《花海》，创作谈《独特、清晰、真挚》。

《南方文坛》第 4 期发表评论家张清华的评论文章《石头与镜子与风景及其他——散谈几位当代诗人的诗作》，论及沈苇、哑石、朱朱、古马、西渡五位诗人的创作。

诗集《晚钟里的青铜》获首届李叔同国际诗歌奖提名奖。

诗集《飞行的湖》入围 2023 年华地文学榜。

作品入选当年出版的集诗有：《2023 年中国精短诗选》（北岳出版社）；《中国诗歌精选》（中国作协创研部编）;《中国 2023 年度精选》（四川文艺出版社）（中国文史出版社）。

诗集：

1.《胭脂牛角》，敦煌文艺出版社，1994 年 3 月版。

2.《西风古马》，敦煌文艺出版社，2003 年 7 月版。

3.《古马的诗》，甘肃人民美术出版社，2007 年 5 月版。

4.《红灯照墨》，敦煌文艺出版社，2009 年 6 月版。

5.《落日谣》，甘肃人民美术出版社，2010 年 11 月版。

6.《古马的诗》，甘肃文化出版社，2014 年 4 月版。

7.《大河源》，敦煌文艺出版社，2018 年 1 月版。

8.《晚钟里的青铜》，甘肃文化出版社，2021 年 7 月版。

9.《飞行的湖》，长江文艺出版社，2022 年 3 月版。

有关古马诗歌的评论文集：

《古马：种玉为月》，黄礼孩主编：敦煌文艺出版社，2009 年 3 月版。